遺稿集

海よ、お前は自由だ

加藤建二

風媒社

加藤建二遺稿集『海よ、お前は自由だ』◉目次

海よ、お前は自由だ

一

一八八八年六月二一日、陽は高く昇っていた。ひとりの黄色い上っ張りを着て大きなつばの広い麦藁帽子を被った男が、フランスのローヌ河の河口にあるサント・マリー海岸の砂浜に坐って、長いパイプを口にくわえたままのどかな地中海の海をじっと考えこむように見つめていた。眼窩は深く、目は大きな鋭い碧眼で、高い鷲鼻の下と両耳の下から顎まで一面にびっしりと黄色い髭を生やしている。彼の体つきはがっしりしている上に、すっかり、陽やけした赤黒い顔は年齢よりずっと更けて四十歳ぐらいに見えるので、一見するとここらあたりに住む漁夫か百姓のように見えるが、彼がアルルの町からサント・マリー村に来たのはまだ五日前のことである。

彼がパリから南フランスに来たのは、日本の風土によく似ている南フランスへ来れば、日本人の気持ちを理解でき、今までとは違った新しい自然の見方と色彩感覚をつかむことができるにちがいないと確信していたからである。

もうひとつの理由は、パリ在住の時からの生きることがたまらなく苦しくなる憂鬱症を治癒するためである。彼はその時激しい憂悶の檻から必死に脱出しようと、パリの歓楽街の酒場をあちこちうろつき、放蕩に放蕩を重ねて、危うくすんでのところでアルコール中毒の状態にまでなるところであった。

幸いなことに、ようやく明るい南フランスに来てから次第に健康も回復してやっと元気を取り戻したが、生来の憂鬱症はやはり思い出したように彼を執拗《しつこ》く襲い苦しめた。彼は戸外の焼けつくような夏の炎天下で、自然を相手に仕事に没頭している時だけは、自分の頑固な憂鬱からしばらくの間自由に解放されるのを感じた。

サント・マリー海岸はもう一月もたてば、ヨーロッパ大陸の各地からヴァカンスで一夏を過ごそうと海水浴にやって来る若者たちや家族連れで大賑いするのだが、今日はあたりには彼ひとりしか見当たらない。

遠浅のつづく海原はさっきまでコバルト色にうねっていたかと思うと、たちまち濃い緑色や紫色にかわり、波は緑色の海草や塵芥がおしあげられている浜辺まで白い泡を立ててざあっ、ざあっと繰り返し寄せている。ひたひたと波打際になだらかにやさしく寄せる波の壁は、太陽の直射をうけてキラキラと無数のオレンジ色や白色の小さな星ができる。

沖合には、白い三角の帆をつけた漁船が何隻もまるで水の上に浮く白い花のように浮かんでいて、その上には絹のような白い輝きを見せる入道雲が、地中海地方特有の深く濃い澄明な青色が泌みこんだ大空に、もくもくと盛んに立ち上がっている。

彼は相変わらずパイプをくわえたまま、単調な静けさでうねり高まっている海をもの憂げに見つめていたが、やがて足元の白い細かい砂を右手にすくって握りしめ、指先からおもむろに砂の粒を揉みながら落とした。砂は死んだような乾燥した音がした。すると、今まで砂の中に隠れていた小さな白い虫が、あわてthat そのそのそ逃げ出した。

二

一昨日、彼はパリから愛する弟が手書きに同封してきた百フランを受け取ると、翌日朝四時に、地中海の沖合で夜通しかけて取れたばかりの鯖をマルセイユ魚市場で売るために満載した二百トンの漁船に同乗させてもらって、マルセイユ港まで絵具を買いに出かけて行った。

弟が十日前にアルルの町へ輸送してくれた絵具はまだ少し残っていたが、これから夏の太陽と地中海を描くにはもっと多量のブルード・プルス（青色）とクローム黄二番、三番が必要になってくるし、サント・マリーへ持ってきたキャンバスもすでにサント・マリーの漁船、サント・マリーの海、サント・マリー村風景と三点描きあげたので、弟宛に発送する用事もあった。何よりも彼をマルセイユへと猛烈に駆り立てたのは、彼の畏敬するセザンヌの展覧会がマルセイユ美術館で開催されていると弟の手紙で知らせを受け取ったからであった。

昼過ぎ、マルセイユ美術館まで行ってみると、セザンヌの展覧会はすでに二日前に終了していた。彼は、期待に輝き、あまりに興奮していたから、がっかり力ぬけした。

仕方なくマルセイユ港へ帰ってくる途中、人が叫んだり笑ったりしゃべったりしている群衆の中をもまれてレスタック街の町角まで来ると、ふとある人だかりが彼の目についたので、彼はなにごとだろうと好奇心に駆られて人だかりへ近寄っていって前方を見ると、ひとりの若者が絵の展示即売会をやっていた。

パリにいた当時、彼もまた貧しい若い仲間の画家たちと一緒にモンマルトルの広場で、パリにやって来た観光客相手にポスターを売ろうとしたり、自分たちを裏通りの画家と呼んで、ごみごみした横丁の汚いカフェで絵の展覧会を開催したりしたことがあったが、絵はさっぱり売れなかった。

若者はひやかし半分で絵を見物している通りがかりの人たちにかまわず、木箱の上に前屈みに腰掛け、両の膝の上の画用紙に何かしきりにものを描いている。彼はどうやら画学生らしく、赤毛の髪はボサボサ伸ばし放題で、緑色の服を着ていた。

彼は人ごみを押し分けて前に出て、画架にかけてある四つ切りの五枚の風景画を見て思わず微笑した。それは、黒いペンによる素描の上に水彩絵具を淡く塗っただけのまだ幼稚な技巧の画ではあったが、真面目な作者の優しい心情がかっきりと感じとれた。

彼は五枚の風景画のうち港景を描写したものを注視すると、それはどうやらマルセイユ港の風景に違いなかった。空は晴れていて、画面の中央に長い長い桟橋を描き、右手には窓のない黒い貨物倉庫が幾列も横につづいていて、その背後には赤いレンガ造りのマルセイユ・インタナショナル・ホテルとその隣に恐ろしく長い棒の天辺にフランス国三色旗をつけた税関の高い黒い塔が立っている。桟橋の後方には褐色に塗った外国貨物船三隻と豪華な大型蒸気客船一隻が横腹を見せて埠頭に接岸している。画の左手にはオレンジ色の船腹の港内一周観光船が、波をけたてて今や出航していくところである。

彼はマルセイユ港景の画へ寂しそうな目を注いでいたが、近景の港のぼんやり白く煙っているような水面に書きつけてある詩をゆっくりと読んでいった。

繋がれた暗黒の大地をさいて
私は自由になりたかった
白い海鳥のように
だから描きつづける
紺碧の空と海の果てに漂流する
太陽を求めて出発する白い海鳥よ

お前が到達せねばならぬのはそれは青春

彼はなにか哀感を感じて、ほとんど聞こえないほどの小さな溜息をほっとついたが、見物人のうち誰もそれに気がついた者はいなかった。

「いかがですか、一枚」

下向きになってペンをせっせと動かしていた若者はふと頭をあげて、絵をじっと見入っている彼にこう声をかけた。彼を見上げた若者は澄明な空のような青色の目をし、美しいふっくらとした赤い唇をしていた。

「この絵をもらおうかね」

絵の値段はどれも三十サンチームだったので、彼は詩の書いてあるマルセイユ港景の絵を買うことにした。

若者は微笑んで立ち上がって会釈をしてから、丁寧にお礼を言った。会釈をした拍子に乱れていたもじゃもじゃの赤毛の髪を両手でかきあげながら、白い歯をちらりと見せた若者の顔は髭がなくて、とても人懐こそうな童顔だった。お金を受け取った彼の手はいかにも華奢な白い小さな手だった。

彼は若者が今描きかけの絵を覗き込みながら、実に懐かしそうにこう尋ねた。

「余計なことを聞くようだが、君はオランダ人なのかね」

「どうしてですか」

「君が描いているその風景画には風車が見えますが」

「いいえ、僕はデンマーク人です。申し遅れましたが、私の名前はシュトルフドルフ・ペテルセンと言います。確かにオランダほどたくさんはないですが、デンマークでもやっぱり風車はありますよ。僕は今こうして記憶力と想像力とで、デンマークの故郷の牧草地や小川や森や海を思い浮かべながら描いているのですが、どうしてもうまくいきません。自分ではあんなに自分の住んでいた故郷を愛し、誰よりもよく知っていると思っていたのに、本当は何にも分かっていなかったのです。恥ずかしいことですが、故郷遠く離れてみて、私は故郷の土地や故郷に住む両親や恋人のエリサのことを、ようやく深く考えるようになったのです」

　彼は風車がひとつのっそりと芦の繁る水辺に立っていて、はるか向こうの水平線にはまだら雲が低く垂れ込め、楕円形の夕日が沈もうとしている構図の風景を熱っぽい目つきでじっと見つめていたが、次第に憂愁を帯びた物悲しい表情に変わっていった。

「本当に懐かしいなあ。エッテン運河の燃えるような夕焼けは実に美しかった。まるで血が滲み出たような鮮やかな赤い太陽だった。運河を通行する船までが船火事で真赤に燃えているみたいだった」

「あなたはオランダのエッテンをご存知なのですか？」

「ああ、よく知っている。デンマークもオランダも実に美しい色彩と透明の童話の国だね。今も絶えず僕を甘美な郷愁へと駆り立てて止まないところだ。あらゆる色の木や草の花々がいっせいに咲き乱れる、豊かな、暖かな夏。なんてすばらしい夏だったのだろう。でも、夢のような北国の夏があっという間に通り過ぎて、秋が訪れると、あの薄暗い灰色の下の厳しい自然の重苦しい沈黙は、俺を無性に怯え苛立たせ、恐ろしく憂鬱にして悩ませたものだ。子供の頃のことだが、たちまち一日が暮れてしまう秋の黄昏時に、麦やウマゴヤシの畑の刈り入れのすんだ空虚な広々とした田園に取り残されたように、高々と突っ立っている風車をじっと見ていると、それがまるで巨大な黒い怪物のごとく見え、今にも動き始めて自分の方へ襲いかかってくるような恐怖と不安に駆られ、思わずおいおい泣き出しながらわが家へ一目散に逃げ帰ったことが何度もあった。あの風車の羽根が自分を掴まえようとする悪魔の手みたいに見えてね。子供ながらも一人ぼっちで生きている恐ろしさをしみじみと知らされたものだよ。おかしいね。のみならず、風車が風に頼りなくゆっくりゆっくり回転しているのを眺めていると、訳もなく生きていることがとても無力で、はかないように感じられた。ちょうど眠ったか眠らないかはっきりしない、ぼやっとしたかすかな夢の中で、遠い昔にすでに人生を一回演じ終えた自分がもう一度同じ味気ない人生を繰り返すみたいに、世の中のすべてのことが何もかもあらかじめ知り尽くして、なんだか身も心もすっかり老いぼれ疲れ果てて、これから少年から大人になって生活していくのがたまらなく辛く、大義に思われたものだ。子供の頃に、もうそんな切ない妄想にとらわれて夢にばかりうなされていたことがあったが、あれはどうしてだったのだろう」

若者は驚いたような目つきで彼を見つめたので、彼は日焼けした顔をいっそう真黒にした。彼は体裁悪そうに、大きな左手で顎の硬い髭をごしごし撫でながら尋ねた。

「ときに、君は絵描きになるつもりなのかね」

「ええ、実は僕は医者になるために、コペンハーゲン大学の医学部で勉強していたのです。ところが七一年のパリ・コミューンの後、デンマークへ亡命していたパリ・コミューン議員の生き残りが警察に逮捕される事件などを契機に、デンマーク国内でも王制打倒、労働組合結成、農地解放といった政治闘争が始まったのです。むろん、僕たちコペンハーゲン大学の多くの仲間がこの闘争に参加していきました。その際、大学当局は労働者や農民を指揮した教授や学生を革命派だとして大学から追放したばかりか、官憲に積極的に引き渡すという卑劣な手段を取りつづけたので、僕たちは大学当局に対して大学改革と学問の自由を要求し、学生の政治活動を認めさせようと立ち上がったのです。僕が理学部のハンス君と一緒にこの大学闘争に参加していったのは、その時からです。ところが、ホオルンベルク学長は教授会も開かず独断で、僕たちの要求を一方的に拒絶しました。ホオルンベルクときたら、くたばり損ないのミイラのくせに生粋の公爵ですから、きっと僕たちによって王制がひょっとしたら倒されるのではないかと恐れ戦いたのでしょうよ。僕たちは、要求を貫徹するために、労働者や農民にも参加を呼びかけてコペンハーゲン市内で連日デモを繰り返しました。

あれは十一月二十五日の、目の前がまったく分からないほど、雪、雪、雪がひどく降りしきる日のことでした。大学から僕たちが街頭へデモ行進に出て、十分も経ったか経たなかったかの時のことです。おそらく僕たちが大学の門から現れるのを待ち構えていたのでしょう。騎馬警官隊が五百名ぐらいの僕たちのデモ隊の中へ棍棒を振り上げて襲いかかってきたのです。あまりの不意のことで、僕たちはどうしていいのか分からず、ただもう悲鳴をあげてあちこち逃げまどうばかりでした。激しく駆け回る馬のいななく声。警官が浴びせる罵声。めったやたらに僕たちの頭めがけて振り下ろされる棍棒の雨。デモ隊の人々の泣き叫ぶ声。それこそ、現場は一瞬にして修羅場と化しました。一瞬、僕がくらくらと目まいがした時にはもうすでに脳天を棍棒で一撃されていた後でした。意識が次第に何かに吸い取られるように朦朧としていくのが分かりました。気が付いた時には、周りには頭や額を割られ、腰や背中を打たれた人々が血まみれになって、苦しい呻き声をあげて横たわっていました。辺りはその流血で雪が真っ赤に染まっていました。これが警官隊との最初の衝突でした。

僕たちは抗議の意志を表明するために、ついに十二月三日、大学を占拠する手段を取りました。つまり、僕たちは学校当局に対して問題解決のためホオルンベルク学長との直接会見を要求して、大学構内の周囲を城塞のごとく雪を積上げて封鎖したのです。来る日も来る日も、雪はどんどん降りつづきました。僕たちにとっては雪は味方でありました。なぜなら、雪が降れば降るほど、僕たちの城はより強固になったからです。僕たちは雪で堅く凍ったこの大学を雪の城と名付けました。最初は悲壮な決意でやりはじめましたが、そのうちなんだか雪合戦をやっているような、そんなはしゃいだ愉快な気持ちになってきました。僕たちは雪の城の中で何をしていたと思いますか。僕たちはもう勉強なんかしませんでしたよ。大学の池の上に張った氷の上でスケートをして滑ったり、池の氷を割って魚を釣ったり、雪の彫刻をつくったり、雪合戦をしたり、もうそれこそ毎日遊んでばかりいました。そして、夜には僕たちはアンデルセンの童話や小説ばかり読んでいました。ハンス君は毎晩のように池のほとりで、ハーモニカを吹いていました。彼はモーツァルトが大好きでした。彼の吹くハーモニカの澄んだ音色は実に僕たちの心に沁みました。それから僕たちはクリスマス・イブを雪の城の中でやりましたよ。その日には多くの人たちが町からやって来ました。むろん、町の娘さんや子供たちも遊びに来たんですよ。そこで、僕はエリサに初めて会い、たちまち恋をしたのです。校内の大きなモミの木が五本生えているモミの木広場で、教室から持ち出してきた机や椅子を叩き割って、それを薪がわりに火をどんどん燃やしました。やがて、赤々と燃える焚火の周りで、飲めや歌えの大賑わい。ハンス君の吹くハーモニカの音にあわせて、僕たちは、娘たちとダンスをしました。僕は汗ばみほてったエリサの身体を胸にしっかり抱いて、それこそ夜が明けるまで踊りつづけました。

本当にあの晩は楽しかった。僕たちの城の中ではもう春が来ていたんですよ。新しい時代がね。しかし、雪の城の中では春でしたが、城の外はやはり真冬でした。なぜなら、時々警官が偵察にやって来たからです。僕たちは彼らを発見すると、カラスが来た、カラスが来たと言いました。すると、彼らはあわてて逃げ去っていきました。僕たちは警官をカラスと呼び、自分たちのことを醜いアヒルと呼んでいました。醜いアヒルと名付けたのはなぜかと言いますと、わが国の最も偉大な作家アンデルセンが書いた童話の『醜いアヒルの子』は実は僕たちのことじゃないのか。みんなから苛められ嫌われつづけたあの醜いアヒルも、ついには美しい白鳥に成長した、そのように、僕たちもいつかは白鳥になるのだという訳ですよ。

忘れもしない、昨年の一月三日の早朝。新年の到来とともに雪の城の中を冬の嵐が吹きまくりました。今度はカラスが来たのではなく、ハゲタカが、すなわち銃を持った兵士がやって来たのです。ホオルンベルク学長は僕たちの行動を革命派による大学破壊だとして騒動が長びくのを恐れて、恥知らずにも軍隊を学内に導入することを要請したのです。その時、雪の城の中には学生は六十二人しかいませんでした。僕たちは雪の城を守るために、ハゲタカの群めがけて必死に投石を繰り返しました。そして、僕たちは石を使い果たした後には、今度は池から運んだ氷の塊をやつらにぶつけてやりました。これは予想以上に石よりもハゲタカに手痛い打撃を与えました。しかし、敵は正規の政府軍ですから、勝敗の結果はむろん火を見るよりも明らかでした。とうとう、僕たちは投げるものがなくなって、誰が唱えることもなく、政治的自由！共和国万歳！コペンハーゲン・コミューン万歳！と合唱しました。僕たちの仲間の十一人が兵士に殺されました。残りの者は兵士にさんざん殴られ、モミの木広場へ連れて行かれました。しかし、僕たちはブッタースヘッド将軍の前で整列させられても、叫びをやめませんでした。将軍は自分の髭の左右のはしを引っぱりながら、冷たい顔つきで、わしはお前ら破壊分子の顔を見るだけで胸糞が悪くなる。いいか、今すぐ黙らなければ、わしはお前らを皆殺しにするぞと脅しました。僕はブッタースヘッドが青髭将軍と悪名高い人殺しであることを知っていたので、黙らざるを得ませんでした。その時おのれの意気地なさと悔しさにこらえきれず涙が出ました。けれども、僕たちの中の七人はあくまでも叫びつづけました。その中にハンス君がいたのです。ブッタースヘッド将軍は、殺してしまえ、殺してしまえと狂気じみた声でどなりました。たちまち、ハンス君たちは兵士に引き摺り出されて、モミの木の前へ一列に並べさせられました。兵士たちは銃を構えました。僕は思わずハンスと言いました。ハンス君はこちらを見てただにっこりと笑うだけでした。兵士に殴られてはれ上がったハンスの笑い声を決して忘れることはできません。七人が一斉にコペンハーゲン・コミューン万歳！と叫んだかと思うと、突然どどっと銃声がして、七人は次々と跪くようにつんのめりました。それがハンス君たちの最期でした。

僕は裁判で懲役四年の判決を受けると、ただちに監獄に拘置され、翌年四月、王子の結婚の恩赦によって釈放されたのです。むろん、その間に僕は大学を放校処分となっていました」

「ご両親はどんなにか落胆なさっただろうね」

「ええ。僕の父は小学校の教員ですが、父の給料だけでは足らず、母は夜遅くまで裁縫の内職をして僕をコペンハーゲン大学へ入学させてくれたのです。両親は僕が一日でも早く立派な医者になることだけを唯一の楽しみにしていたのに、僕はそれを踏みにじってしまいました。父は僕の事件が原因で教育委員会から教師をやめさせられました。そんなことから、母は神経衰弱のようになってしまって、毎日毎日泣いてばかりいたそうです。それでも母は欠かさず僕の衣服や下着や靴下を監獄に差し入れてくれましたよ。僕は本当に親不孝な息子でした。

けれども、僕は甘ったれであんなことをしたんじゃありません。ただ僕は何くわぬ顔で生きつづけることはできなかった。どうしても不正を黙って見過ごすことは許されないと思いました。僕たちはむやみに性急だったかもしれません。でも、若いからこそ焦り苛立つのではないでしょうか。焦燥感も性急さもなくなった時こそ、僕たちは青春を失っているのではないでしょうか。僕はどうしても戦わずにはいられませんでした。その後、自分なりに何のために大学へ行くのか問いつめてみた。そうして、現在の大学には学ぶべきものがまったく皆無なのだから、僕はもはや大学で学ぼうという欲望を覚えなくなった。大学なんか本当に糞くらえですよ。

そこで、僕はたとえ医者になることができなくても画家になろうと、はっきり決心したのです。医者は人を殺しますが、画家は人を殺しませんからね。それに、画家なら大学へ行かなくてもなれますからね。違いますか。しかし、今思えば、絵を描く行為によって自分を確認し表現し、現在の状況をのり越えたいという猛烈な欲求、ただそれだけが僕を一途に絵画へと走らせたのではないかと思われます。

監獄からの釈放を知らされた直後は、アメリカへ行きたいと思って初め北米移民団に参加しようと考えました。アメリカには自由がありますからね。けれども、ふと僕にとって少年時代からのまだ見たこともない憧憬の島、フランスのコルシカ島へ是非とも一度渡ってみようという強い衝動を覚えました。そこで、今年五月にデンマークを出発してドイツ・フランスと道すがら街頭でこうして絵を売りながら大陸を縦断し、今月十七日に念願のコルシカ島に渡ることができました。今はコルシカ島からの帰途なのですよ」

若者は目を大きく見張り、嬉しそうな微笑を浮かべてこう言った。

「君はナポレオン・ボナパルトが好きなのかね」

「分かりますか。僕は四八年の二月革命のとさらに第二共和制を踏みにじったナポレオン三世という奴は虫が好かないが、ボナパルトは好きなのです、それというのもどういう訳か僕は理科を専攻していたのに、きわめて感性的人間で、例えば小説を読んでいくといつのまにか小説の主人公に感情移入してしまう性癖があって獄中でスタンダールの『赤と黒』を読み、すっかりボナパルト贔屓になってしまった訳です。そこで、ボナパルトの生誕地コルシカ島のアヤッチョがどうしても一度実際に見たくなってしまって、取るものも取りあえず、両親のとめるのも聞かず、放浪の旅に出たという次第ですよ」

若者は言い終わらないうちに、ひとりでげらげら笑った。

彼は若者の言葉を聞いているうちに、急に歌麿や広重が浮世絵に描き、ピエール・ロチが『お菊夫人』を書いた美しい日本へ、今すぐにでも飛んでいきたいという焦燥が噴出するのを深甚に感じた。憧憬とでもいうべきこの強い願望は南フランスに来てからよけいにことあるごとに頻繁に彼の心に湧き起こり、日本へ行けばたちどころに憂鬱症も完治して、見違えるくらいに自分は陽気で生き生きとなるにちがいないと、彼はいっそう確信を深めていった。

「ボナパルトが革命家か独裁者かということよりも、重要なことは一七八九年のフランス革命後のわれわれ一九世紀のヨーロッパは、ナポレオン・ボナパルトから出発したということなのです。来年はその百年目になるのですよ」

「そうか。来年はパリ市民がバスチーユ監獄を占拠したフランス大革命が勃発してから、もう百年目になるのかね。七月十四日、『フランス万才』『自由万才』『平等万才』を叫んだパリの市民は、どんなに生き生きと、しかも上機嫌に自由の感覚を味わって歓喜しただろうかな。そして、やっぱりあの七一年のパリ・コミューンの際にもパリの町中の市民は夜通しお祭り気分になって街頭にあふれ狂喜乱舞したにちがいない。いつだって、それこそ戦争の時だってパリの市民はみんな実に陽気でふざけてばかりいるからなあ」

「私はコルシカ島ではっきりこう誓いました。ボナパルトに負けず、この僕自身も芸術的に自分のすべてを賭けて戦い、死ぬまで絵を描きつづけようとね。自分の好きなことをして生涯を過ごせたら何も言うことはありません。畢竟するにボナパルトは最後には敗北したけれども、この私は必ず成功するという明るい希望を持っています。

確かに僕たちは学園紛争の中で敗北した。全然挫折感はないといったら嘘でしょう。僕は学生の仲間たちからすれば、転向したと言えるでしょう。でも、戦うだけ戦ったのですから思い残すことなどありません。それは、僕はあまりくよくよしない楽天的な気性なんでね。何よりも僕には若さという最も有力な武器がありますからね。そうだな、僕はちょうど今天に上がり始めたばかりの朝の太陽みたいな心持ちだと言ったら、ちょっぴり高慢ですか。とにかく、僕は自分のただ一回限りの若さを傾注して絵を描きつづけていきますよ」

「失礼ですが、君はいくつですか」

「二十一歳です」

「随分と若いですね」

「『芸術は長く、人生はあまりに短い』という言葉がありますが、傑作は僕たちの生涯よりも永遠に生きつづけるのですからね。それゆえに、芸術を仕事とすることはまことに偉大なことです。世紀末と呼ばれている現代ヨーロッパ文明の中で、僕たち人類は価値観をもたずみな頽廃と腐敗の深淵に落ち込んでいます。みんな自分の精神の基盤や支柱を無くしています。何が善であり、何が悪であるか、何が真理であり、何が虚偽であるか。そして何が美でありなにが醜であるかもまるで分からない状態です。例えば、若い女の肉体と見れば、誰も彼もが美しいとばかりに賛美して、湯浴みをしている女の絵ばかり描き始めるという訳です。人生における最高の美とは若い女の肌だけでしょうか。美しい女しか興味をもてないとしたら、その画家は誤謬を犯しているのじゃないですか。僕たちの要求する絵は、生活に立脚し生活を凝視した絵でなければ意味がありません。労働する人々の生活は醜悪で嫌悪すべきものでしょうか。僕はパリ・コミューン議員でもあったクールベの『石割り』やミレーの『種まく人』を見てもらいたいと思うのです。あの絵を見れば、労働する人間の姿がいかに美しく崇高であるかを教えられ、何かしら胸がじんと熱くなるような強い感動を受けるでしょう。そればかりか、現実の僕たちよりも絵の中の人間の方が、ずっと人間らしく生き生きしていると感じるでしょう。芸術こそ人類を堕落から救い、真実を教え、人間を奮い立たせることができるのではないでしょうか」

「今、君はクールベやミレーの絵の中の人物の方がわれわれよりもずっと人間らしく生き生きしているとおっしゃったが、それではやっぱりいけないのではないか。実際、太陽を浴びてこの大地に立っている生身の感情を持ち、判断力をもっているわれわれひとりの人間の方が、どんなに優秀な画家がいかに精魂を傾けて描いたとしても、絵の中の人物よりもずっと瑞々しく気力に満ち満ちていなくてはね。そういうふうにならなくては、われわれ本物の人間とは言えないのじゃないかね。俺は君と同様に絵を描いているひとりだが、君のおっしゃるように、俺は毎日自由奔放な混乱状態のままの現代のヨーロッパ社会を決していいと思っていない。むしろ反対している。なぜなら、芸術家は秩序と釣り合いの中にはじめて真の美を発見するのだからね。混乱状態には美はありえない。これが俺の持論だ。

同じように社会にも正しい秩序があらねばいけないと思うよ。しかしね、だからといって俺は規則や制度が必要というのじゃない。規則や制度というものは秩序立てるどころか、逆にいつだって退廃を引き起こしてきただけなのだ。最も重要で必要なことはわれわれ人間の自由な精神なのだよ。瑞々しい精神だよ。だからまず、われわれの住む社会は階級的な堕落した恐ろしい社会ではなくて、もっと人間らしい力強い社会へと改善し築いていかねばいけない。誰もが労働することに喜びをもって生きられるようにね」

「労働する人間を描きましょう。人間を」

「そうだ。画家は額に汗して労働する人たちと同じ心持で絵を描かねばならない。そうして、これまで現代の文明を担い前進させ、またこれからも新しい文明を創造していく労働者たちを、生きた人間を描いていこう」

若者は彼の言葉に大きくうなずくと、緑色の上着の胸ポケットをさぐって黒い板チョコレートを出し、それをポキンと半分折って、そのひとかけらを微笑しながら「どうですか」と言って彼に手渡した。そうして、にこにこ笑いながら、残りのチョコレートのかけらを大きな口をあけて、ぽいと入れて頬張った。彼もまた口の中にぽいとそれを入れた。彼はチョコレートの甘さが、舌先から口いっぱいにたちまち広がってくるのを感じた。

三

彼はパイプをくゆらせながら、ずっと向こうの水平線から静かに、そして激しい勢いでわき上がってくる積乱雲をじっと目を細めて眺めていた。屏風のように広々と横たわる雲の腹は、紺碧の海に溶けて驚くほど鮮やかなコバルト色に見えたかと思うと、たちまち太陽の光線で意外なほど濃いオレンジ色に変色する。

彼は思う。シュトルフドルフ君は俺の年齢になってもまだ性懲りもなく絵を描きつづけているだろうか。俺みたいに三十五歳になっても結婚もしないで、あちこちの外国をまるで故郷を喪失した異邦人のごとく彷徨しているのであろうか。もし、シュトルフドルフ君が本当に絵画の道を歩いていくとしたら、あまりにも苦痛が多すぎるのに、それでも冒険を試みようというのか。俺の最も尊敬するオランダ共和国の、世界的な肖像画家レンブラントだって、晩年破産宣告を受け妻子に先立たれて、ひとり寂しくアムステルダムのユダヤ人区で死んだのだった。では、レンブラントの弟子たちはどうだった？　風景画家セーヒェルスは餓死した。肖像画家イルスはハーレムの施療院で死亡した。ゴイエンはチューリップを売りながら絵を描き続けたが、死後千グルデン以上もの借金があったという。風俗画家のステーンは自分の細君の薬代さえ支払えなかったので、絵を全部薬屋に没収されてしまった。

動物画のポール・ポッテールは窮乏のあまり結核になり、わずか二十九歳で死亡した。それから、それから、ペーテル・ド・ホッホも、ヤン・フェルメールも同じようにみな悲惨だった。のみならず、数かぎりのない無名作家の一生ときたら。オランダの画家たちは、みんなひどい貧乏生活の中で死ぬまでくたくたに働き喘ぎつづけて、極めてわずかな作品を残してこの世を去っていった。なんと悲しいことだろう。今も、もう二十世紀になろうというのに十七世紀と同じく宿命的に芸術家は虐げられ絶望しているのだ。

波のどよめきが繰り返し聞こえたようだった。彼は憂鬱そうに目をとじて、苦渋と悔恨とに満ちた自分の三十五年間の過去を思い浮かべた。それはなんだか、奇妙にもあまりにずっと遠い昔の出来事のようにぼんやりしていた。あれは十六歳の時だったはずだ。大画商グーピル商会の店員になったのは。それから二十三歳の時には、俺はロンドン寄宿学校のフランス語教師だった。そして二十四歳の時ドルトレヒトの書店の店員、二十五歳の時にはボリナージュ炭鉱町の巡回説教師、そうして二十七歳の時からずっと今日まで無名な絵描きと、俺は次々と何度も転職せざるを得なかった。だが、俺はいつだってどの職業の際にも、いかに全力をあげて勤勉に働いただろう。いかに自己に厳しく正直であろうとしたことだろう。なのに、いずれもみな解雇されてしまった。なぜ?　なぜ?　なぜだ?

彼は苛立つ。彼は現在の自分のいまわしい境遇を考えるとますます途方にくれ、やりきれなくなるのだった。

「彷徨えるオランダ人？　そう、もしこの俺にテオドルという兄思いの弟がいなかったら、自分はもうとっくに肺病になっていたか、今頃は飢えてパリの街角でのたれ死にしていたにちがいない。いったい自分はこれまでどれだけ弟のテオの世話になってきたかしれない。それなのに、弟がやっとめでたく結婚できることになった今も、兄の俺が弟にまた借金を頼み込んでいるなんて。テオ、頼む。できるなら五十フラン送ってもらえないか、急いで。それが無理なら、もっと少なくてもいいのだ。テオ、頼む。もう一度、一ルイ貨を送ってくれないか。それがないとどう切り抜けたらいいか俺には分からない。テオ、頼む。油絵用の筆十本と絵の具を送ってくれないか。それから、画布十メートルも。最低値段ので結構だ。ああ、何から何までテオ、頼む、テオ、頼む、テオ、頼む。俺はテオなしでは生きていけないのだ。俺という奴は、まったくの意気地なしのうすのろだ。俺は自分で自分に腹が立つ。愛想もつきる。いつになったら少しはましな絵を描くことができるのか。八年間も朝から晩まで、いや夜だって絵ばかり描いているのに、それなのにちっとも俺の絵が売れないなんて。せめて絵具代だけでも取り戻すことができたら有り難いのだがなあ。俺はもういい加減に絵なんかきっぱり放棄した方がいいのだ。俺がいつまでも売れない絵を描き続けるかぎり、弟テオの借金がますます増えていくだけなのだろうからな。つまり俺がいるかぎり弟テオの足枷となり重荷となって弟を苦しみつづけることになるのだ。テオの結婚式をいつまでも遅らせているのは本当はこの俺なのだ。テオ、許してくれ、俺って奴がいるばっかりに……。でも、絵を描く以外に俺は何をしたらいい？　俺には絵を描くことしか何もできない。俺は働いたり、やりくりする能力がないのだ。

なんという惨めさだろう。見すぼらしい俺の青春。俺の青春はもうとっくにはるか遠くまで駆けて行ってしまったのに、それでも自分はまだ青春の中にいるかのような気持ちで、青春の抜け殻に必死にしがみついているのだからな。今も俺は消失した青春の幻影を見つづけているのだ。そうだ。今こそ何もかもすっかり呑み込めた。あれはだいぶ前になるが、俺は『ひものある短靴』という一枚の絵を描いたことがあった。床の上に揃えて置いた一足の紐をほどいた短靴を題材にした絵だが、不思議なほど俺の頭の底にこびりついていて、眠れない夜などには髣髴として眼前に浮かび何かしらせつなく俺の胸を締めつける作品だった。どうしてあの時あんなボロの短靴にこの俺がすっかり魅せられてなぜあんなにいつまでも強く心を揺り動かされて見入っていたかよく分からなかった。いや、実のところそういうことに初めて気がついたのはずっと後のことだった。あの絵が何を意味するのかよく分からなかったが、今こそはっきり気がついた。ああ、なんということだ。革がすりきれてくたびれた皺だらけの底の厚い百姓靴こそ、何を意味しよう、この俺自身ではないのか。自分の内部にちょこんと一足揃えて置かれた百姓靴は踏み出すことも後退することもできなくなってしまった俺自身の終焉を意味していたのではないか。もう一歩も戻ることも歩むこともできなくなった俺の青春を、あの脱ぎ捨てられた靴ははっきりと予感していたのだ。俺はいつまでもあちこち活発に放浪し歩き活動しているつもりでいたのに、俺の青春は実際にはすでにあの時停止していたのではないか。そうなのだ。俺はもっと歩きつづけたかったのに、もはや俺がどんなに努力したところで俺の青春はいつのまにか終ってしまっていたのだ。なぜそれに気がつかなかったのか。あの『ひものある短靴』の絵には俺が描いたどんな自画像よりも俺の悲しい心がありありとにじみ出ている」

彼はこの恐ろしい事実に驚愕して、体をぶるぶる震わせた。海はのんびり高まりうねり、太陽はすごく明るかったのに、彼には突如としてあたかも暗闇の中に放り込まれたかのように目の前が真っ暗になるのを感じた。

と、彼の被っていた大きなつばの麦藁帽子が真向から風にあおられて、さっと空に吹き飛び舞い上がり、砂の上にハタと落ちた。また風が出てきたらしかった。

彼は自分が十七世紀のオランダの多くの画家と同様に人生のどん底に落ちた敗北者だと感じずにはいられなかった。彼は目が見えなくなったかのようによろよろとよろめきながら立ち上がると、狂おしそうに両手で自分の短い髪の毛を掻きむしりながら海原に向かって大声で叫び始めた。

「ヴィンセント！　ヴィンセント！」

それは叫んでいるというよりも、まるで全身傷ついた獣が身を震わせて必死に咆哮しているかのようだった。なんという神様の皮肉だったろう。彼の名前ヴィンセントは勝利者という意味だった。

彼の黄色い麦藁帽子はちょっとの間砂の上を風に吹かれてころころ転ったり這いまわっていたりしていたが、ついに押し寄せて来た波の長い白い舌に呑み込まれていった。彼の目には何も入らなかった。

この俺は破滅する運命にある。絶対に破滅から逃れられっこない。俺は破滅に向かって気狂いみたいにどんどん突っ走っていってしまうのだ。逃げ路なんかあるものか。イエス・キリストだってこの俺を救うことなんかできやしない。彼はそう思わずにはいられなかった。

突然、彼は親友のポール・ゴーガンにものすごく会いたいなあと思った。彼は叫ぶ。

「ポールよ、君は不屈の意志の男だ。君はこの俺の年齢になってから、わざわざ安穏な株式仲買人の生活を投げ捨て、しかも妻子まで捨てて画家になったのだからな。君は闘牛の牛みたいに頑丈で勇敢で悲観しない。感情も俺よりも強靭だし、自信をいつも決して失わない。そうだ。ポールよ、君も一日も早くここ南フランスに来て、是非とも俺と一緒に共同生活しよう。画家がめいめいひとりぼっちで孤立しているのは、あまりに寂しすぎる。それに絵というものは随分とお金がかかるものなのに、この仕事に携わっているのはひどく貧しい人たちなのだ。だからこそ、われわれは俺が以前から計画しているように画家の組合をつくって協同して助け合って生きていくべきなのだ。数人同士の共同生活ができれば、今よりももっと経済的に安い費用で生活できるし、われわれはその分だけきっとたくさんの仕事ができるだろう。たくさんのすばらしい作品をつくるためにも、なあ、ポールよ、画家の組合を是非ともつくろうよ。われわれ画家はオランダの荒野で共同生活をしている修道僧のように、お互いに団結を固くすべきなのだ。われわれひとりひとりがホテル住まいをするよりも、自分たちの小さな日当たりのいい家を持ち、そうだな、家は二階建ての家で一階はアトリエで二階は食堂と住居にするのだ、で、住居の経費は少しずつ節約していけば、一年もすれば箪笥や机といった家具類が揃えられるだろうよ。俺は料理はとても下手くそだが、君は船員生活や軍隊生活をしたことがあるから、自炊もきっとうまいだろう。何よりも、君が俺のそばにいてくれれば、俺が挫けそうになった時には君がこの俺を激励してくれるだろうし、反対に君の方が迷い苦しんでいる時には俺が少しでも君を助けてやれるだろう。絵画についていつも議論できるし、新しい刺激を相互から絶えず得られるだろう。俺は君から色彩理論を学びたい。それから、日本の芸術家がお互い同士で絵の交換をしたように、お互いに一番いい絵を交換しようよ。お互いが交替で絵のモデルになりあって、お互いの肖像も描くのもいいな。それに、絵具も買わなくてもいいようにわれわれ二人で工夫して、われわれの新しい絵具を作ってみようじゃないか。なあ、ポールよ、俺は君のためならどんなことでもするよ。君と一緒に仕事ができれば、俺はまた新しい勇気が出てくるに違いない。俺はもっともっと苦しんで強くならなければならないのだからね」

彼は何か身体から振り払うように、きっと青空を見上げた。そして強烈に赤く燃えている巨大な火の玉をもの狂おしい目をして、じっと凝視した。やがて、非常に細くて烈しい陽の光に彼の大きな眼に涙が泉のようにほとばしり始めたが、彼は鋭く大きな目をますますいっそう大きく見開き拡げたまま、いつまでもにらみつづける。彼の涙にあふれて濡れた青い瞳にはすさまじい赤熱の太陽の炎が血走ってゆらゆらと映っていた。彼は空に両手を震わせながら思わずつぶやく。

「あんなに太陽が激しくぐるぐる渦巻きながら揺れている。まるで太陽の中に俺の心がすっかり吸い込まれて消えていきそうだ。なんて美しい色だ。向日葵の花みたいに金色かかっている。ああ、頭の芯までくらくらする。光の海の中で泳いでいるようだ。戦え、戦うのだ。ヴィンセント！　太陽を摑み取るのだ。神の如き太陽の生命力をこの瞳の中にしっかりと充填するのだ。

いつのまにか彼は地中海の海岸で太陽を見上げたまま、無限を感じてうっとりと夢想している。僕はもはや個人的な要求を満たすことを望まないが、けれどもいつか芸術家が人間として愛される日は来ないものだろうか。われわれの時代はあまりに多くの困難が充ち溢れているが、百年後には芸術家はなんの心配もなく、貧窮から解放されてよい仕事をすることだけに専念できるようになっているだろうか。芸術は一部の金持ちの美術愛好家だけのものだけでなくて、農民や漁夫や労働者の誰からも愛され理解されるものになっているだろうか。そうだ。必ずそんなすばらしい未来がいつかやって来る。彼は自分に言い聞かせるように繰り返し声を張り上げ答える。

「たとえ俺が失敗しても、きっと俺がやりかけた仕事を続けてくれる人がいるだろう。真実を求め新しい思想を創造しようと考える人間は決して俺一人ではない。シュトルフドルフ君のような若い芸術家たちが何人も後に続いてくれるにちがいない。俺は後からやって来るシュトルフドルフ君たちのような画家の未来を信じる。俺は神によって大地に蒔かれた一粒の麦だ。俺は大地に落ちて死ねば多くの実を結ぶことができるだろう。そうして麦からパンが作られるのだ。そうすれば、俺の知らない多くの若い人たちによって刈り取られ役に立つことができるはずだ。けれども俺は大地に蒔かれて芽さえ出せなかったとしたら、そうしたらその時にはどうしたらいい」

四

「ヴィンセントさん！」

海岸の背後にある小高い丘の上のオリーブ林の方で声がした。

「ヴィンセントさん！」

今度はもっと大きな声で彼の名前を呼んだ。彼はやっとわれに返って後ろを振り返った。ルーリアだった。彼女は彼が絵のモデルとして昨日マルセイユ港から一緒に連れてきた娼婦だ。彼女は息せき切って駆けてきたらしく、肩まで垂らした黒髪を包んでいた帽子が顎紐でかろうじて頭にのっているが、いまにもずり落ちそうだ。ミルク色の豊かな頬にはほんのり赤みをさしている。

ルーリアは地中海風の黒い大きな瞳を輝かせ肩で息をしながら言った。

「どうなさったの。顔じゅうひどい汗よ。さあ、このハンケチで汗をお拭きなさい。本当に日射病にでもなったらどうするの。麦藁帽子は被っていなかったの。ああ、あんなところに浮かんでいる」

黄色い麦藁帽子は波にもまれ、押されてヨットみたいにプカプカ沈んだり浮かんだりして漂っていた。

「いや、いいのです。構やしないのです。日射病など頭に海の水をこうして被ればすぐに元通りになるのですから」

彼は海水の中にざぶざぶと膝頭の深さまで入っていって、両手で水を掬って熱のこもった頭に何回もざあざあと浴びせかけた。冷たい水の感触は快かった。が、あまり勢いよく水を頭にかけたので、顔ばかりか服の胸元までびしょびしょになってしまった。

ルーリアは黒いハンケチを差し出して言った。

「あたしはあなたがてっきり村のスケッチに行かれたものとばかり思って、村中あっちこっち兎みたいに飛び回って探していたのよ。今日は大きなデッサンをやるつもりだとおっしゃっていたから。宿屋のおじさんに聞いたら、あなたが今日はまだ随分と暗いうちに外へ出ていったよと言ってらしたわ。それからいつもコーヒーとパンだけしか召しあがらないっておっしゃっていましたが、それさえも今日はまだ召しあがっていないのでしょう。毎日規則正しく食事をなさらなくては体に毒よ」

彼は少しはにかんだかのように、水に濡れてぴんと草のように立ち上がった髪をルーリアのハンケチでごしごし拭いた。

「君は黒色がとても好きなんだね。このハンケチにしても、それにあなたの帽子もドレスも靴もみんな黒色ずくめじゃありませんか。どうしてなんです。いやね、あなたの白い顔と黒い髪、黒い瞳、黒い帽子、黒いドレスと白と黒の強烈な対比が実に新鮮で魅力的なので、思わず日本画に出てくるような日本風の女性を連想していたのです」

「ああ、そのこと。なぜって聞かれてもちょっと答えようがありませんわ。でも黒色の服を着ていると、このあたしはなんだかとてもしんみり落着いた気持ちになれるからかしら。お客は陰気臭いってものすごく嫌がるのよ。友達も若い娘らしくもっと派手な明るい色のものを着た方がいいって言ってくれるのだけど、あたしはいつのまにかやっぱり黒っぽい服を買ってしまって駄目なのです」

ルーリアの長い睫《まつげ》の下の地中海風の大きな黒い瞳はなんだか悲しげに潤んでいた。

彼はルーリアがこれまで一度も微笑したことがないのに不思議に思っていた。彼女はいつも唇を結んでいて、なにか思案気なかげりのある顔をしているのだ。彼は今までアムステルダムやパリの大都会で多くの娼婦たちを見てきたが、たいていはすぐに酒も飲まないのにひとりではしゃぎはじめるか、それとも媚態たっぷりににやりと愛想笑をするか、鼻にかかるような甘ったるい猫撫声をだしてこちらの機嫌をとるかだが、ルーリアみたいなもの静かな女にはついぞ会った経験はなかった。

彼はまるで「能面」をつけているかのように繊細で端正な顔をしているルーリアをじっと見た。ルーリアは黒い靴をぽんぽんと軽く砂地に脱ぎ捨てると、水の中におそるおそる入っていった。

「うわ、冷たい」

彼はルーリアの小さな澄んだ叫びに限りない可愛らしさを感じざるを得なかった。が、ルーリアのすらりと伸びた白い足を見たとき、昨夜の悩ましい出来事をはっきり思い出して、心にナイフでぐさりと胸を突き刺され引き裂かれるような鋭い痛みを感じた。

昨夜、彼は嵐のような欲望に辛抱しきれずにルーリアを抱きしめた。その時、ルーリアは一瞬驚きとも不安ともつかない目つきをして彼の顔を見つめたが、彼は彼女の手を取って無理やり五フランの紙幣を握らせ摑ませたのであった。

恥知らずめ！　俺って奴はなんて罪深いのだろう。かつてはわずかな期間にせよ、キリスト教の伝道師であったにもかかわらず、自分の妹のウィルよりも年若いルーリアを辱しめたのだ。彼は昨晩、紙のように白い顔で悲しみをいっぱいに浮かべて虚空を見つめていた空ろなルーリアの黒い瞳をまざまざと思い浮かべた。

ルーリアは水からあがってきて言った。

「ヴィンセントさん、あたしはあの繰り返し繰り返し幾度も幾度も打ち寄せる波を見ていると、海というものがなんだかとても不思議なものに見えてくるの。昔から人生を海に喩えたりするけれど、あたしには海は永遠の謎ですわ。あたしが嬉しい時に海を見ていると、海も喜んでいるように見えるし、そうかと思うとあたしが悲しい時にはやっぱり海も嘆き悲しんでいるように見える。耳もとの吹き寄せる潮風や波音にも、それがありありと感じられるの。とてもおかしいでしょう。海は本当は人間みたいに楽しがったり、悲しがったりすることもなく、ただ絶えず昼となく夜となく無心にうねりつづけているだけなのでしょう、でもね、あたしにはあの海がなんでもあたしの心の中の秘密を知っているように思われるのよ。そう、まるで母さんみたいに。あたしの母さんはあたしと同じ仕事をしていて、あたしが十四歳の時に肺病で死んでしまったのですけれどもね。ほら、ヴィンセントさん、この渚に立っているあたしたちに向かって、一波一波白い波頭を立てて押し寄せてくる波を見ていると、あたしは母さんの優しい愛を、永遠に尽きることなく寄せる母さんの限りなく深い思いをとっても感じるのよ。そして、いつまでも飽きることなく眺めていると、いつのまにか気が付いてみるととても甘い幸福に浸っているのですわ。本当に、あの海は人間がこの地球上に誕生する何千年も前から、ああしていつも寄せたり引いたりして波打っていたのですね、こうして、ここに立っているあたしたちがいつか死んでしまっていなくなっても、海はやっぱりあそこに静かに広々と横たわっているのね」

「ルーリア、フランス語では海《ラ・メール》という言葉は母《メール》という言葉の中にあったね。母の内なる海か。母親の心はあの海のように広々としているということだろう。ブレダにいる僕のお袋はきっと俺のことを随分と心配してめっきり年をとってしまっただろうな。三十すぎの今になっても俺は長男であるにもかかわらず、孝行らしきことひとつせず、自分の気儘をとおしてお袋に苦労ばかりかけているのだからな。ルーリア、俺は今お袋の肖像を自分のために描いているのだよ。勿論お袋の写真はちゃんと一枚大切に持っているのだが、白黒の写真は俺にはどうしても我慢できないし、好きになれない。画家にとって色彩は生命だからね。俺は今に肖像画のすばらしい革命をおこしたいとかんがえている。でも、俺が肖像画を描こうとすると、みんなは俺の肖像画がモデルに全然似ていなくて、かえって醜く描かれると言って俺の絵のモデルになるのを嫌がるのだよ。俺の絵をもう少し理解してくれると嬉しいのだが。お袋さんの印象をつかもうと記憶をたどって試作を始めているのだが、はたしてお袋さんによく似てくるだろうか。緑色の背景に灰色の髪の毛で目はブロンド色で着物が真っ赤になるのだ。お袋は今は年取っちゃったが、それでも若い時にはなかなか評判の美人だったということだ。牧師をしていたうちの親爺がクリスマスにちょっと酒をなめるだけでもうすっかり真っ赤な顔になって、上機嫌でよくそう言っていたからね。アンナは、アンナっていうのは俺のお袋の名前さ。アンナは三小町のひとりだったって。冗談ではなくて俺は多分本当だろうと思うよ。今でも忘れられない。その親爺が家の前に倒れて急死した時に、お袋はほんの少ししか俺にしゃべらなかったが、お袋はじっと悲しみをこらえていたのだ。口にははっきり出さないが、お袋が親爺をどんなに愛していたか。お袋はそういう人だ。どんなに悲しいことがあっても苛立ったり悲しんだり怒ったりしない。そうかといって無論完全無欠じゃないが、なによりも信心深いし辛抱強い人なのだ。たとえ未来に生活が今より楽にならないだろうということが分かっていても、お袋さんはやっぱり希望をもって張り合いを出して生きていく人だからね」

「あたしの母はあなたのお母さんのようなしっかりした人ではありませんでしたわ。ちょっとお金が入ればすぐに新しい着物を買ってめかしこむ、トランプをして賭けごとをする、いろんな場所へ物見遊山に出かけるというように派手なことならなんでも好きでした。母さんは夜中にたった一人で酒を飲む時にはいつも口癖のようにこう言ってたわ。『あたしはね、初めからこんなふうじゃなかった。十七の時に酒を覚えたのよ。それまではあたしは純情で潔白な娘だったんだよ。みんなあの人があたしにいけないことを教えたのさ。でもね、あの人はとても男らしい立派な陸軍の少尉さんだった。背は高くてね、体格はがっしりとして、胸はぶ厚くて、鼻が高い。口の上に髭をぴんと格好よくはやして、話す時には両手をこんなふうに振り回す癖があってね、その話ぶりときたらとても面白いのだからいつの間にか誰だってあの人の話に身が入っちゃうぐらいなのさ。お前だってその場にいたら、きっと面白くてくすくす笑い出しちまうよ。あたしはね、かあっとあの人にのぼせちゃって心底好きになっちまった。あの人だってあたしが好きだった。ところがそれもつかの間、あの人はあたしを誘惑してたちまちぽいと捨てたという訳さ。あたしがこんなに酒を飲みはじめるようになったのはその時からなのさ。これぐらい飲んだってあたしはちっとも酔っぱらっちゃいないよ。そうなのさ。あの男は何も知らないうぶなあたしを踏みにじり、さんざん辱めた憎い奴だよ。それからというもの、あたしがだらしない生活をして嘘も平気で言えるようなやくざ女になっちまったんだよ。あいつはあたしの一生を台無しにしてしまったんだよ。なのにさ、そんなふうに踏みつけにされながら、あたしときたら今でも悔しいことにあの人のことが忘れられないのだからね。ああ、情けないたらありゃしない。お前にはこんな気持ちはわからないだろうがね。いいかい。ルーリア。お前だけは善良な、正直な、清らかな人間にならなきゃいけないよ。あたしみたいになっちまっちゃいけないんだ。お前だけはあたしの分まで幸福になってもらわなくてはね。本当だよ。そりゃ、あたしだって、太陽の光でまぶしい朝になるたびに、何度も神様はいらっしゃる、ああこんな間違いだらけの生活をいつまでもつづけていちゃいけない。今からでも遅くないから、もういっぺん何もかも初めからきれいさっぱりやり直し出直さなけりゃいけないって思うんだよ。人生にちゃんとした目的をもって生きるべきだってね。嘘じゃないよ。だから、今すぐあたしは僧院に入ろうか。看護婦になろうかと真剣に何度も考えたよ。ちょっとでも今よりはましな人間になろうと思って二度ばかり実際に僧院の門の前まで出かけて行ったこともちゃんとあったんだよ。でもやっぱり駄目なんだ。あたしは真人間になりたい、自分でも自分を真人間にしようとしても、もうひとりのあたしがいうことを聞かないのだよ。もうひとりの悪魔のあたしがこう耳元でささやくのさ。ちゃんとした婦人になるにはもうあまりに遅すぎる。あまりに自堕落な間違いだらけの生活をしてきたから、もうまるでやり直しがきかないって。ああ、憎らしいね。だからね、あたしは十七のあの時からずっと調子が狂いっぱなしなんだよ。あたしは自分で自分をどうにもできないのだよ』その母さんは、自分よりも十三歳も年の若い情夫が賭博でしでかした借金を支払うために、情夫の言うがままにあたしを売ってしまったわ。母さんはそれからというもの、もうそれこそ一日中酔っ払い続けて急にヒステリックに笑い出したり、泣き出したり、怒ったりして、とうとう以前から胸が悪かったのによけいに悪くしてあっけなく亡くなってしまったのです。本当に、あたしは不幸な母さんの一生を思うとわびしく悲しくなります」

「ルーリア、宿屋へ飲みに来る漁夫が僕に話してくれたのだが、このサント・マリ地方にはこんな伝説があるということだ。漁夫たちが遠くの海岸の明かりさえ見分けられない星も月もない真っ暗な夜、しかもいつの間にか船が深い霧に覆われて行く先もまるで見定めることができなくなって途方にくれている時に、船の行く手に白い幻の女の姿を見る。その白い幻の女はよく見つめると漁夫たちが赤ん坊の時に泣いている自分をあやしながら乳を吸わせてくれた母親の優しい顔である。漁夫たちはもう恐怖を感じたり狼狽したりしない。漁夫たちはみなじっと深い愛情のこもった目ざしで見つめるその幻の女をそれぞれ自分の母親だと思う。彼女は、激しい労働とどれだけ働いても少しも楽にならない漁夫の生活に慰めと励ましを与えてくれる子守歌―船底の歌を歌って、船の行き先を示して安全な場所まで連れていってくれるというのだ。『海の男の仕事はな、つらいよ。油断したらば、波がさらってゆくよ。だけど母の仕事はな、もっとつらいよ。可愛い我が子は誰にもやらぬ。可愛い息子は波にもやらぬ』それはそれはとても清らかな美しい声だという。そこで漁夫たちは彼女に勇気づけられて、船底の歌を彼女の歌声にあわせて一緒に歌い始める。漁夫たちの力強い歌声は力いっぱい櫂を漕ぐ。そして船は歌声とともにどんな深い霧の中でも安全に航海してゆく。その歌声が潮風が強く吹く夜には、このサント・マリの海岸でも時々聞こえてくることがあるということだよ。

ルーリア、われわれにとってお袋という存在はいったい何だろうか。お袋を愛したり憎んだりしながら、われわれはお袋の絆を断ち切ることはできない。いや、むしろ俺みたいにお袋から遠く離れて生活していればいるほど、自分がお袋という存在に深くしっかりと結びついていることを自覚しない訳にはいかない。そして、自分が孤立無援であることを意識し苦悩している時には、いつもお袋のことを思い浮かべてみる。お袋さんだって、これまで悲しく苦しい運命を甘受しながら、この俺や弟たちを生み育てながら精いっぱい生きてきたんだって。ルーリア、君のお袋さんだって実のところまったく同じじゃないだろうか。どんなお袋にしても、やっぱりわれわれにとってお袋はたったひとりなのだからな」

「ええ、有難う。ごめんなさいね。あたしあなたにこんなつまらないことを申して。でも、あたしは母さんの悲しみが今ではなんだかわかるような気がしますの。あたしはこれまで人を心の底から本当に愛したという経験がございませんからよく分かりませんが、それでも母さんがたとえ裏切られたにせよ、あの陸軍の少尉さんを愛していたのではないか、それなら母さんには、ほんのわずかな期間にせよ幸福ではなかったのかと思うのです。母さんはあの人の黄色くなってしまった手紙の束を死ぬまでしっかり大切に保管していましたものね。

ヴィンセントさん、愛って何ですか？　愛するってどういうこと？　愛するにはあたしどうしたらいいの？　あたしは心から本当に人を愛したいと思うのですが、悲しいことにそれができないのです。

どうすれば人を愛せるのですか？あたしは死ぬまでこうしてむなしく愛を求めつづける運命なのでしょうか。それとも、あたしのような汚れた女は真実の愛を求めてはいけないし、またそれは問うては許されない希望でしょうか。ね、お願いですから、本当のことをおっしゃってください。あたしはもうひとりぼっちで生きてゆくのはたえられません」

彼は急にひんまがったような青白いルーリアの顔を見つめながら、一体この娘はどうしたというのだろう、このルーリアの悲しげな顔はやはり不幸を押し隠していた重苦しい苦悩の顔だったのではないだろうか、そして今こそルーリアは長い間抑えに抑えてきた愛を求める激しい人間的な感情を、ついに完全に破裂させてしまったのではないだろうかと一瞬思った。

彼はルーリアの手を取り自分の心が縮むような思いで吃《ども》りながら言った。

「ルーリア、君になんと答えたらいいのだろう。僕には愛するってことはどういうことか分からないよ。どうしたら人を愛せるのか分からないのだ」

ルーリアは彼の目をのぞきこむように見つめて言った。

「ヴィンセントさん、あなたに、あなたはこれまで人を真剣に愛したことは一度もなかったのですか？」

このルーリアの質問に、彼はますます周章狼狽するばかりですぐに何も言うことができなかった。

彼はやっとの思いで、なんだか口腔が急に狭くなったために舌がどうしてもうまく回らないのに苛立ち、焦りながら言った。

「正直言って、確かに俺は自分でも人を真剣に愛したと思ったことがあったよ。それこそ、そういう時の女性に対する俺の態度ときたら傍から見ればこっけいと言うよりも、きっとまるであまりにも気狂いじみていただろう。けれども、その当時の俺はそれを決していい加減ではなくて、深い、深い、深い愛だとすっかり信じて疑わなかった。俺は自分が愛するかわりに相手からも自分と同じように愛されたいとは思わなかった。俺にとって愛の報酬などまるで最初から眼中にはなかったのです。相手のために心の底から自分を徹底的に献げきることとさえできれば、それで俺は十分に幸福だった。なぜなら、俺の愛こそがキリスト教的な精神的な愛だと思っていたし、相手より報酬を要求する愛などはまったくの虚偽の愛だと確固とした自分の信念を持っていたからです。しかしね、なぜか相手はこういうひたむきな俺に驚いて疎んじた。相手はまっしぐらに愛に突進して行くこの俺の激しい性格を知ると、たちまちがらりと一変してもう再び決して僕に会おうとしなくなってしまった。しかも、俺がますます相手に近づこうと努力すればするほど、その人は俺をさもいまわしい汚らしいものでも見るようにまるで怖気さえふるって嫌悪し嘲笑して遠去かってしまったのです。そうして、つまりは何もかもしゃぼん玉みたいに跡形もなく消え去ってしまったという訳さ。

その後俺は自分の愛がかえって相手の心を深く傷つけてしまったという遣り切れない悔恨と、その一方では一身を献げてきたこの自分が相手から厭わしい人間として嫌悪と嘲笑という薄情な仕打ちを受け、人前で無様な恰好をさらしたという激しい屈辱感との相克に身を裂かれるほど苦しめられつづけた。まったくのところ、俺の深い真面目な愛は間違っていたのだろうか。いったいそれでは俺の行為はなんだったのだろう。それはやはり独り善がりの高慢な愛だったのだろうか。それともそれは愛ですらなかったのだろうか。俺はただそのひとつのことばかり馬鹿みたいに必死になって幾日もひたすら考えつづけたものだった。それから俺は恋愛というものに対して期待も希望ももう持たなくなってしまったのです。こうして、今も依然として真の愛情とは何かどうしても俺には分からない」

彼の暗い脳裡の一隅にロンドン時代の下宿先の娘ウルシューラ、アムステルダムの従妹ケイ、それからハーグで同棲した娼婦クリスチーヌの顔を、強い探照燈の光で照らし出したかのように、ひとつひとつ鮮明に蘇らせた。彼はそれらをまじまじと見つめようと努めた時には、いずれも忽然と消滅してしまった。『俺は何も得なかった』と彼は暗い心の中で呟いた。

ルーリアは唇を噛みしめながら彼をじっと見つめていた。

「のみならず、ルーリア、俺のように絵を描く人間は結局真の愛情をすっかりなくしてしまうのだよ。俺は、どこに書いてあったか、フランスの作家ジャン・リシュパンの『芸術愛は真の愛情を失わせる』という言葉をしょっちゅう口に出して考えてみる。まさにリシュパンの言うとおりだと思う。われわれのように芸術に憑かれている連中は、人の情愛というそれこそ人間にとって一番大切なものまでも、いつのまにかまるでなくしてしまう。俺は三十五歳になって妻や子供をもはや望まなくなってしまった。これは実に悲しいことだ。例えば、俺の親友のポール・ゴーガンは自分の愛する妻子をデンマークに捨ててまで絵画の道に入った。そして、彼はひどい貧窮生活をつづけてパリに連れて行ったひとりの息子まで飢えで殺してしまった。正直言って、われわれ芸術にとり憑かれて芸術に飽くことなく志す者は人間失格だよ。のみならず芸術に打ち込むあまり、気狂い機関車みたいにどん詰まりまで滅亡へまっしぐらの線路を突っ走っていって、あげくの果てには自分の個性さえも粉微塵に破壊しかねないのだからね。そんな危なっかしい俺があなたに何を言うことができるだろう」

「ヴィンセントさん、あなたは本当のことをおっしゃっていないわ。そうでしょう。あたしに本当のことをなぜおっしゃらないのですか。あたしはただ本当のことを知りたいのです」

ルーリアの唇はぶるぶると震えていた。

「いったい何を言えというのですか。ルーリア」

「あなたはゆうべあたしを…。その時あなたはわたしが愛する心のない女だとやはりお思いになったのですわ。あたしは永久に人を愛することのできない可哀想な女だと見抜いておしまいになったのですわ」

涙に濡れたルーリアの黒い瞳は激しく燃えていた。

彼は昨夜のことを再びまざまざと思い浮かべて恐ろしい絶望感にとらえられた。

「何を言い出すのだ。ルーリア、君がそんなことを考えていたなんて」

彼はルーリアのか細い肩を自分の胸にひしと引き寄せて抱きしめようとした。ルーリアの身体は激しくぶるぶると痙攣していた。

すると、突然彼は今にも癇癪の発作が起こるだろうという予感がはっきりして戦慄した。見上げた空が灰色になり、赤い巨大ないびつに歪んだ太陽が卵の殻のようにひび割れはじめるや、その太陽の破片がとてつもない速度でぐるぐる旋回しながら、彼の眼前いっぱいにいくつもいくつも、これでもかこれでもかと圧倒せんばかりに接近しのしかかってきたのであった。瞳が焼けつくような激痛を瞬間感じて、気絶しそうに思った。これは危険な徴候だった。彼は発作が起こるとすべてが絶望のあまり、ものすごく自殺したくなるのであった。「あ!あ! 太陽が!追い詰められる! 追い詰められる!」と、彼は頬をひきつり両手で目蓋を必死に押さえながら叫んだ。

ルーリアは彼の急変した様子に驚いて叫んだ。

「どうなさったの。ヴィンセントさん、ねえ、どうなさったのです」

彼は強烈な太陽光線にとても耐えられないかのように目を両手でしっかり覆ったまま、その場にぐったりと崩れ込んでしまった。

ルーリアは「おお」と泣き叫んで砂の上に跪き、すわりこんでしまった彼の膝にすがりついた。

「ヴィンセントさん、許してください。あたしがいけなかったのですわ。あたしがつまらないことを言い出して、こんなふうにあなたを苦しめてしまったのですわ。ねえ、お願いですから、どうぞ、どうぞ、ルーリアを許してください。本当にあたしはどうかしていたのです」

「ルーリア、ルーリア、心配しなくてもいい。ちょっとくらくらと眩暈《めまい》がしただけなのだから、近くの涼しい木陰にでも入ってしばらく休めばまたすぐよくなるよ。大丈夫、大丈夫だよ。本当さ、これぐらい何ともないのだから。君のせいじゃないよ。あんまり長いことこの海岸で太陽に照りつけられていたものだから、血がすっかり頭にのぼったんだよ。どうやら君がさっき言ったように、軽い日射病にかかったらしいな」

彼はひっきりなしにがんがんする頭痛に打ちひしがれながらも、右手で目蓋を押さえてやっとこれだけ呻くように言うことができた。彼の青ざめた額の上には大粒の粘っこい脂汗がぎらぎらと光り、噴き出していた。

彼は恐る恐る目蓋をゆっくりと開けてみた。ルーリアは両手で顔を覆い、頭を砂地にこすりつけて声を立てて泣き続けている。黒い帽子は首のところにだらしなくぶらさがり、髪はすっかり乱れて膝のところまで垂れ、ワンピースの膝下の裾は潮風に吹かれてまくれ上がり、ぱたぱたとはためいていた。

彼は自分の額の上の汗も拭かず、ルーリアのさめざめと泣いている姿を見つめながら思った。主キリストは故郷のガラリアの丘でこう説かれた。

幸福なるかな、心の貧しき者。天国はその人のものなり。

幸福なるかな、悲しむ者。その人は慰められん。

幸福なるかな、柔和なる者。その人は地を嗣がん。

だが、人生は幸福も希望もあまりにわずかである。いや、むしろこの世の中に充ち満ちているのは涙と絶望だけではないだろうか。キリストの受難の時からもう千九百年にもなろうというのに、人間は相も変わらず今もずっと愛に飢え、悲しみ、打ち砕かれつづけているのではないだろうか。本当にああして肩を震わせながら声を立てて女が泣き出しているところは、まるでこの世の生活のすべての苦痛を搾り出しているかのようにたまらなく苦しくなる。彼はそう思って深い溜息をついた。

「ルーリア、君はどうしてまた泣くのだ。頼むから、泣くのはおやめ」

彼はルーリアの黒い帯のように風になびいている長い髪の毛を頭に優しく撫でつけながら言った。

「さあ、泣かないで俺の絵のモデルになっておくれ。昨日ちゃんと俺のモデルになってくれるって約束していただろう。さあさあ、もうそんなに泣いたりしないで。涙で君のせっかくのお化粧がめちゃくちゃになってしまったじゃないか。そら、もうちょっと顔をあげてごらん」

跪いて俯《うつむ》いて泣いているルーリアの顔は、前に垂れた黒髪に半分隠れて見えない。

彼はルーリアの顎に手をやって顔を前向きにおこして垂れた黒髪を後ろに分けてやり、それから両頬の上の流れ落ちた涙の跡にこびりついた白い砂を、自分のごつごつした指先でぬぐってやった。

ようやくルーリアが泣くのをこらえようと、しゃくりあげながら彼の顔を不安そうにじっと見上げた時、彼は白っぽい涙できらきら光ったルーリアの大きな瞳をなんとも言えず美しいと思った。

彼はゆっくりと立ち上がって言った。

「俺はこれからキャンバスと絵具を取りに村の宿屋に帰るが、すぐここへ戻ってくるからそれから仕事を始めよう。いいかい、ルーリア」

「ええ、でもあなたは少しお休みにならなくては、お体に悪いわ」

「いや、いいのだ。俺は今すぐ君を描きたい。思い切り存分に描きまくりたい。俺は急いで、急いで描かねばならない、俺は君みたいにもう若くはないし、俺の病気が…。いや、何でもない。うん、そうだな、やっぱり君の言うように休まなくてはね。そう、そうだ。ちょっと休息してから早速始めよう。それなら、ルーリア、いいだろう」

「ええ、ヴィンセントさん、それなら結構よ。それから村にお戻りになったら麦藁帽子を忘れないでね」

ルーリアはちょっと首をかしげて左手で頬の涙を手でぬぐい、なんとか微笑みをつくろうと努めながら言った。

「うん、うん、分かっている。ちゃんと麦藁帽子を被ってくるよ。君の言うようにもう日射病にならないように注意をしなくてはね。ところで、ルーリア、俺が村に帰っている間君はどうしている。そうだな。この渚で貝殻拾いでもしていたらどうだい。実はね、俺は夜通し打ち寄せる波の音に寝付かれなくて、夜明け方、夜の白むのを待ちながらこの海岸を散歩していると、朝靄《もや》でかすむ波打ち際に宝石のように冷たく光っていた夾竹桃の花の色をした桜貝の貝殻をひとつ見つけた。俺はそれを見つけた時、それはどうしてそうなのか分からないが、なんだかとっても俺の心の底をしみじみと打って美しかった。それは自分がこの世の中にひとりぼっちで生きているといった寂しさだったのかもしれない。とにかく俺は思わずそれを拾ってしまったのだが、手のひらに小さな貝殻をのせてつくづく見つめながら、俺はすっかり忘れていた少年の頃の楽しかった貝取りを思い起こしてとても懐かしかった。結局その貝殻は、やはり初めにあった波打ち際へ元通り置いてきたのだが、少年の頃は、はてしないヒースの茂みの中で昆虫をつかまえたり、家の裏にある庭の野菜畑をつつく鶩鳥の群れを追い回したり、墓地のアカシアの木にあった鵲《かささぎ》の巣を発見したりして、本当にあの頃は夢や希望がいっぱいあってよかったな。ルーリア、われわれが大人になるということは、寂しいことだけれども、自分にとって最も大切な何かを次第にぼろぼろ欠落させることではないだろうか。最近俺は自分の心の中ががどんどんからっぽになっていくような気がしてならないよ。ね、ルーリア、君も久しぶりに子供の時代に返って貝拾いでもしたら、心も少しは安まってさっぱりすると思うのだがな」

「ええ、有難う。そうしてみるわ。ヴィンセントさん」

ルーリアはうなずきながら彼の両手をきつく握った。

かもめが一羽、短く鳴きながら青い波の上をすべるように低く沖へ向かって飛んでいった。

五

一時間もしないうちに、彼は麦藁帽子を被り画架を背負い、右腕に大きなキャンバスを抱え、左手に木製の絵具箱を持ってやって来た。彼の鋭い碧眼いっぱいに、絵への憎悪のような情熱が嵐の海原のように猛烈に氾濫し、荒れ狂い渦巻きかけめぐっていた。

彼は村の宿屋にやっとのことで辿りつくや、自分の部屋のベッドの上にぶっ倒れたまま、ひとしきりルーリアのことを思い、自分のことを考えて激しく慟哭した。われわれは一体何のためにこうして苦しみながら生きているのだろうか。ルーリアが淫売をして生活をし、自分が借金をしながら絵を描いているのはどういう意味があるのだろうか。すべては何にも意味がないように思えた。のみならず、われわれが生きながら辛抱強く希望をもちつづけるのは、とても空しく愚かな行為のように彼には思えた。

俺はテオに何度、今度こそ失敗しっこない、きっと成功するだろうと手紙に書いたことか。いずれ俺の絵の価値が世間から認められる、その時にはこれまでの借金をきれいさっぱり返済してしまうよ、などと何度同じありもしない気休めを言ったらすむのだろう。自分でももう半分諦めていることを、せめてそんなふうに執拗に自分に言い聞かせてみては、自分で自分の心をずっとまぎらわせ慰めてきたのだ。そうさ、弟テオだって、この俺を落胆させまいとしてただの一度だって口に出して面と向かってそう言わないけれども、俺に才能がないことは本当はとっくにちゃんと見抜いていたのではないか。ブーソ・エ・ヴァラドン商会の画の鑑定人をしているテオドルにそれが分からないはずがあるものか。俺の絵はいつまでたっても売れやしないのに、なんだって俺は自己欺瞞をつづけるのだ。ああ、この目にはっきりと見えるようだ。この自分が六十の、目もよく見えない歯の抜けて口がくさいよぼよぼの老人になっても、やっぱり芸術家を夢みながら絵筆を持つ手をぶるぶる震わせながら絵を描いている姿が。俺は死ぬまで自己欺瞞をつづけるのか。あのミレーは「芸術家は偉大な崇高な目的をもたねばならない」と言ったが、目的に向かっていこうとしたって、どっちみち目的なんかこの世に存在しなかったのではないだろうか。最初からわれわれには前途などなかったのではないだろうか。すべては衰弱し、そして虚無と化すのだ。

『ひものある短靴』の絵…。あのひものある短靴がさんざんぼろぼろに汚され使いつくされて、最後には火の中にくべられ焼き捨てられてしまうように、今は若く美しいルーリアだっていつかは器量も落ちて、果ては彼女の母親と同じように肺病になって惨めに死んでしまうのだ。そして俺の肉体が老衰して、ついにはあっけなく一握りの灰になってしまうように、俺の描いた絵もやっぱり誰からもかえりみられないで暗い物置きの中でことごとく色褪せて、いつかは灰と化してしまうのだ。なぜなら、絵は苦しんでいる人を慰めるものがなくてはならないのに、俺の絵にはこの世の中の不幸な人たちに美や正義を教えるだけの偉大な力なんかない。俺は醜悪な絵ばかり描いていて、俺の描く絵には永遠的なものが、思想というものがこれっぽっちもない。人生はあまりに短いのに、まして本気で眺める時期はなおさらずっと短いのに、いつまでたってもがらくたばかり製作しているのだ。俺は一体何をしているのだ。俺はむやみやたらに苛立つばかりで、どんな立派な仕事をやりとげたというのだろう。まったく俺の絵などより、アルコールかハシーシュを飲んでいた方がずっとましだな。あれは哀れで惨めな寂しい人々の心をとっても愉快に朗らかにしてくれるし、千倍も優しく慰めてくれるかな。

〈へっへへへ、そうさ、お前が昨夜リールアを抱き締めたのは、ただちょっと寂しいお前の心を慰めるためだったのだ〉

何だって、寂しい自分の心を慰めるために俺がルーリアを抱いたって？

〈隠すな、ちゃんと分かってるぞ。お前はあのあどけないルーリアをついに憂さばらしのつもりで、まるでアルコールかハシーシュの代用品みたいにいい加減に扱ったのだ。だからお前は酒の酔いにまかせてちっとも良心に恥じることもなくルーリアを抱けた訳だ〉

でたらめを言うな！　それは嘘だ！

〈お前は何をそんなに怒るのだ？　何てこともないじゃないか。ルーリアはもともと卑しい娼婦なのだから。お前がルーリアを娼婦として軽蔑してそのように扱ったところで恥ずかしがることはないいて。それに、お前はルーリアにちゃんと金を支払ったのだから何を悩むことがある。お前は初めからそう

いうつもりだったのではないか〉

いや、違う、違う。決してそうじゃない。昨夜俺は妙になんだかとっても遣り切れないほど切なくてたまらなかった。そのうっとうしさといったら、たとえどんなに酒を飲んで酔い痴れようが眠られそうになかった。だから、たまらなくなって…。

〈だから、お前はルーリアを抱いたというのか。へっへへへ。お前は嘘を言っている。お前は初めからルーリアが欲しかっただけなのだ〉

いや、そうじゃない。俺はたまらなくなって。いや、そんなことはいささかの弁解にもならない。やっぱりいけないのは俺だ。ルーリアの前に許しを請わねばならないのはこの俺なのだ。ルーリアをあんなに苦しめ、さいなんだのはこの俺だ。

〈お前はいつだってそうして後から許しを請うのだ。弟テオよ、うまくいかなくて許しておくれ、これがお前の決まり文句だ。今度は、ルーリア、うまくいかなくて許しておくれか。へっへへへ〉

ああ、こんな俺に、どうして貧しい哀れな人々を感動させることができるすばらしい傑作を描けるだろうか。どうして美しい愛を表現できるだろうか。こんな憂鬱なことを考えるのはやはり病気のせいだ。

彼は不意に、なんだか部屋の端の方で自分をじっとさもいやしいといわんばかりの目つきで見つめている人の顔がちらりと目に入って、一瞬ぎょっとした。

彼は思わずベッドから起き上がって後ろをふり向いて見た。錯覚だったのか、よく見ると彼の前には棚の横の壁にかけてある白い鏡があった。それは彼が自画像を描けるように、わざわざ宿主に言いつけて持って来させた大きくてよく映る鏡だった。彼は鏡の中を吸い寄せられたように覗きこんだ。あやうく「あっ」と叫び声を立てるところだった。

〈お前さん、なにをそんなにぶるぶる震えてこわがっているのかね？　さあ、自分の顔をちゃんとよく見るがいい。これがお前さんの顔だ。邪悪な心をもったお前さんにふさわしい顔じゃないか。もう忘れてしまったのか。そら、もっと自分の顔をよく見るのだ〉

これが俺の顔だろうか。まるで猿みたいな顔をしている。いや、俺の顔はこんな醜い顔をしているものか。今まで百枚以上も鏡を見て自画像を描いてきたから知っているが、こいつとはまるきり違う。こんな嫌な顔じゃない。これは俺の顔じゃない。痩せて頬骨が出た皺だらけの黄ばんだ顔、ゴムでできたような気味悪いほど赤いぶ厚い唇、両下目蓋の大きい黒い輪、白目まで黄色くなって、どこを見つめているのか焦点がはっきりしないうつろな目は炎のようにギラギラ光っている。これは俺を憎悪している気違いの目だ。それにしても、この男のぴんとナイフみたいに立った赤い耳はなんて大きいのだろう。あれ、今耳が少し動いたようであったが、や、両耳がひとりでにぴくぴく動いている。これは野獣の耳だ！驢馬の耳だ！

〈へっ、驢馬の耳だって？　お前さん、顔を真赤にしてなにを恥ずかしかっているのだ。へっへへへ、

それじゃ、お前さんは自分が気違い驢馬ということをちゃんと呑み込んだって訳だな。そうだ。お前は気違いなのだ！〉

黙れ、黙れったら。そうか、分かったぞ。さっきから俺に嫌なことばかり言う奴はお前だな。お前はそうして俺の後ろに立っていて、そのお前の顔がここに映っている訳か。そら、はっきりとみしみし床板がきしむ足音が後ろで聞こえたぞ。おい、いいか。俺はお前の正体は知っているのだからな。確かにお前の顔だ。なんて嫌な胸糞が悪くなるような顔だろう。見ているだけで本当にぞっとする。あ、また俺を軽蔑して唇を押し出し、にたりと笑いやがった。

彼は背後を見るのがとても恐ろしかったが、思い切って後ろをふり返った。誰もいなかった。鏡を見ると、鏡の中の男は彼に赤い舌先をちらちら見せてにたにた笑っていた。

「ははん、そうなのか。お前は俺の背中にぴったり紙みたいに張りついているのだな。で、俺のしゃべっていることにじっと聞き耳を立てて、見ろ、耳が前よりいっそう長くなったぞ。お前はそうやって顔を少しも動かさずに耳だけ自由に向きを変えられるからな。だから、俺が後ろをふり向いた瞬間、お前はまた俺の背後に隠れちまって、俺が後ろをふりかえったってお前を見るってことはできない訳か」

彼はそう言いながら、ふいにさっと後ろをふり向いたが、やっぱり誰もいなかった。そうして、鏡にはあの猿みたいな顔の男がまったくおかしくてたまらないというようにげらげらと嘲笑っていた。

「くそっ、失せやがれ！」

彼は思わず男に拳骨を振り上げて殴りかかった。と、白い大きい鏡はぱりんと音を立てて三つの断片となって床の上へ落下した。

「ああ、もうよせ、きっと俺の血がまた足らないうえに悪く濁り始めたにちがいない。せっかく南フランスまで体を休めるためにやってきたのに、俺はなんだかそのうち自分が本当に気違いになるようで不安でたまらない。実に恐ろしい。トロワイヨン、マルシャル、メリヨン、ジャント、M・マリ、モンチセリなど、多くの先輩画家が発狂して死んだように、俺も発狂して死ぬのだろうか」

〈そうさ、お前は発狂して狂人病院に閉じ籠められるのだ。お前は気違いになるのだ。お前の妹のウィルの目つきもただものじゃなかったな。あれはどう見てもまともじゃない。お前とそっくり気狂いの目つきだったぞ。ウィルはお前の絵を見ると、いつまでもにこにこと静かに笑いつづけていたものな、あれも今にお前と一緒に狂人病院行きに違いあるまいて。へっへへへ〉

「黙れ、黙りやがれ、お前はまだ俺のそばにいやがったのか。とっとと失せろ。いいか。妹のウィルは決して気違いなんかじゃない。妹はいつも実にいい手紙をこの俺に書いていてくれるのだからね。でたらめを言うな。俺たちが発狂するなんてそんなことあるものか。しかし、この俺が本当に発狂する運命にあるとしたら、ああ、厭だ！厭だ！　もうこれ以上アルコールを飲まずにいられるものか。アルコールなしでただの一分間だって我慢できない。もう苦しめられるのは沢山だ。まったくもううんざりするわ。発狂して死ぬくらいなら、酒を死ぬほど飲みまくってアルコール中毒でいた方がどんなに幸福か知れやしないって。酒だけが俺の唯一の友だ。どっちみち俺は根っからのアル中だったんだからな、俺は酒を飲んでもう何にも考えたくないのだ」

彼はすばやくアブサント酒の瓶がある棚へと突っ走っていった。棚から背の高い酒瓶をつかむと、コルクの栓をポンと抜き捨て、あわてて瓶にぶ厚い唇をつけようとした。と、その拍子に自分の顔をじっと悲しそうに見つめるルーリアの黒い瞳が彼の目に忽然とちらついた。彼ははっと驚愕して、口元まで持っていったアブサント酒を飲むのを止めてつぶやいた。

「俺って奴は何という弱虫だろう。ルーリアが海岸で待っているじゃないか。もう行かなくては、ルーリアがひどく心配して今にも待ちくたびれて帰ってくるかもしれない。こんな感傷に浸っている時じゃない。ここで俺がやけをおこして酒を飲んでぐでんぐでんに酔っ払っていたら、ルーリアは一体どうなる。ルーリアはどんなに嘆き悲しむだろう」

〈そうさ、自分自身に期待できなくなったお前は、ルーリアをいじめることで最大の喜びを感じているのだ。お前はルーリアをもっともっと徹底的に苦しめたいのだ。それがお前の望みなのだ。へっへへへ〉

「いや、そうじゃない。それでなくても、深く心の傷ついている者同士がさらにお互いの傷口を抉り出し広げ合うなんてことはあまりにも悲しすぎる。それどころか、世界にたったひとりぼっちのルーリアと同じように孤独な俺と、俺たちみたいな虐げられた人間は、お互いに慰め、かばいあわなければならない。俺たちは、この俺が血の結晶である絵をパンと交換しているように、彼女もまたばら色の体をパンと交換しているのだからな。つまり俺たちは自分を切り売りしている社会のクズだ。ルーリアと俺とは貧しい兄弟なのだ。ルーリアは俺だし、俺はルーリアだ。もちろんテオは弟だし、ウィルは実の妹だが、ルーリアもやはり、やはり俺の大事な妹なのだ。あわれなルーリアも俺も、そしてテオもウィルも、この地球上で苦しみ悩みながらじっと耐えて生きつづけている。なんのために？　では一体その他にどんな生き方がある？　いかなる人間らしい生き方があるというのだ？　誰かこの俺に教えてくれ。どうしたら生きる意味が分かるのだ？　俺はそれが分からずには生きられない。なあ、こんな生き方が本当の人間の生き方なのか？　知っていたら教えろ！　教えろ！　教えてくれ！　お願いだ。おい、お前、どうした？　どうして答えようとしないのだ？　頼むから答えてくれ。

やっぱり耐え抜くより仕方がないのか。そうなのか。結局力いっぱい生き抜くよりどうにも仕方がないのか。でも、この俺にはどうしてもいっさいが暗闇に沈むようにまるっきり虚無のような気がしてならない。われわれが嘆き悲しんだり憤慨したり愛したり軽蔑したり嫉妬したりすること、つまりはこれらすべての生きる努力さえもがなんだかあまりに無意味に思われて仕方がない。では、果たして生き抜くより他にどんな道があるというのだ？　俺には分からない。何にも、何にも分からない。神よ、主イエスよ、本当に最後の瞬間まで懸命に戦いつづけるより道はないのか？

ああ、俺はもう一度心底すっかり一分間でもそう信じることができたらなあ。ポリナージュ炭坑町で巡回説教師をしていた頃はすっかりそう信じていた。あの頃は俺も若かった。しかし、もうできない。できない。こんな老いぼれになってもそれを信じろと言うのか。嫌だ。絶対に嫌だ……。だが、実のところけれどもそれでも、今の今だって本当はやっぱり俺はそう信じたがっているのだ。労働者や農夫や漁夫や大工や鍛冶屋のように我慢強く生き抜くことほど芸術的なことはないってな。俺はそう、もう一度小さな信仰の種を自分の心に植えつけたいのだ。ルーリア、俺みたいなつまらない奴でも本当は君と同じように衷心より人を愛したいのだよ。俺は生きる苦痛を感ずることが激しくなればなるほど人を愛したいのだ。愛を求めつづけること、それこそ最も人間らしい行為ではないのか。人々を愛すること、それは芸術ではないのか」

彼はそう叫ぶや、瞬間右手につかんでいたアブサント酒の瓶を力任せに床にたたきつけた。そうして、画架とキャンバスと絵具箱をすばやくつかむと、後ろも見ずに宿を一目散に飛び出した。

油蟬が緑色の髪の乱れた頭のような枝葉をのせたオリーブ林の木々にとまって、ミンミンと息苦しいほど　あっちでもこっちで喧しく鳴いている。

彼は赤・白・黄・紫色の野花が咲き乱れている丘の上を涼しい潮風にのってくる海の塩辛い香りをいっぱい嗅いで、白い砂丘がゆるやかに延びている海辺を見下ろした。はるか彼方の濃い緑色の水平線を三隻の軍艦が煙突から黒い煙を吐きながら白い航跡を残してゆっくりと動いて行くのが見え、波が八線、九線と白い波頭を立てて海岸に向かって押し寄せている。

ルーリアは波打ち際に立っていた。ルーリアの足元を這っているなめらかな波の襞は太陽光線に反射してキラキラと光っていた。彼女のよく伸びた手足は眩しいほど白かった。やがて、ルーリアは丘の上に立っている彼に気がついて元気よく右手を大きくしきりに振った。

彼は麦藁帽子のつばの一方をまくりあげ、目深にかぶり直すや、なだらかに傾斜した丘の側面を駆け下りていった。背中の画架がはずみきしんでカタカタ鳴り、絵具箱で絵筆がガチャガチャ飛びぶつかる軽快な音がした。

ルーリアは裸足でぴちゃぴちゃと勢いよく汀《みぎわ》の水を跳ね飛ばしながら、こっちへ走ってきた。彼は波打ち際の柔らかい砂地に点々と食い込んだルーリアの足跡が海水に洗われて、もろく崩れ去ってしまうのを不思議そうに眺めていると、ルーリアが言った。

「ほらほら、ヴィンセントさん、ちょっとこのあたしを見て」

見ると、ルーリアは頭から足まで濡れねずみで、ぴったり張り付いた黒い着地の服から白い雫がポタポタ足元に滴っていた。

「一体どうしたんだい。暑くなってとうとう水泳でも始めたのかい。ルーリア」

「違うわ。そんなじゃないの。いい、今やって見せるから、ちゃんと見ていて。とっても面白いのだから」

ルーリアは彼の目の前で子供のように両手をひろげて胸いっぱい大きな呼吸をした。そして、ざぶざぶ水の中を歩いていって、腰まで水がつく所まで来ると、ちょっと波によろめきながらくるりと渚の丘に立っている彼の方に向き直った。唇をちょっと開けたルーリアの顔は、なんだかとても生き生きしていた。

「ヴィンセントさん。いい、さあもうじきよ」

ルーリアが彼から目を離さずにそう言った時に、彼はルーリアの背後からゆるやかな放物線を描いて押し寄せる大きな波の一団を見た。たちまち波は水の中に立っているルーリアの頭上に忍び寄り勢いよく白いしぶきを立てて躍りかかった。

と、ルーリアは「キャアー」と突拍子もなく甲高い声で叫ぶや、一瞬、波はルーリアの体をすっぽり呑み込んだかと思うとまたすぐに吐き出した。ルーリアは波に上下に揺られながら水の中にびしょ濡れになって立っていた。

彼女は顔にかかった海水を手でぬぐいながら、波がまるでくすぐったくてたまらないかのように白い歯と桃色の歯ぐきを見せて笑った。その明朗な笑いこそ、初めて、そうだ、初めて彼に見せたルーリアの笑いだった。

さっきまで冷たく寂しい表情をしていた彼女が、今はキラキラと大きな黒い瞳を輝かせて笑っていた。

再び白い泡をかみながら大きくふくれあがって来た次の波がルーリアの上にゆっくりと襲いかかった。するとルーリアはさっきと同じくまた「キャアー」と嬉しくてたまらないかのように叫ぶや、彼女の身体は波の中に沈み、飛びはね上がってきた。ルーリアは彼女の顔をすっかり隠した濡れた長い黒髪を額の上で両手でかき分けながら、相変わらず笑いこけていた。

彼は波と戯れているルーリアを見て、思わず「ははは!」と笑った。笑いながら、自分の思い屈した心が次第にゆっくりと解きほぐされて、急になんだかぱっと明るく晴れ晴れとしてくるのを感じた。あんなにも楽しそうに波とふざけているところを見ると、彼女はやっぱり若くて健康な娘だったのではないだろうか。それとも、あれはこの俺を元気づけるために、ああして波の中に身を踊らせたのだろうか。

彼は、波をかぶる瞬間大きな口を開けて「キャアー」と子供みたいに屈託なく叫んだルーリアの新鮮な声を、もう一度はっきりと快く自分の耳に反響するのを聞いた。あんなにルーリアが明快な声を出して朗らかに笑っているなんて。彼女は笑いをやはり忘れていなかった。波と戯れて生き生きしている今のルーリアは、人生のいっさいのわびしさも悲哀も何もかもすっかり忘れ解き放たれて、ただ母の内なる海に飛び込み、かぎりない優しさに充ちた波の愛撫に身を任せゆだねているのだ。

一瞬、彼の胸臆《きょうおく》にぱっと名状しがたい歓喜の火柱が燃え立ち、熱い炎が油の上を燃えるようにたちまち彼の身体じゅうをめらめらと恐ろしい速度で激しく駆けめぐるのを覚えた。描くものはこれだ。きらめく大きな灼熱の太陽の下に、黒いワンピースを着たたった一人の若い娘が果てしなく揺れつづける緑色の大海原で、真っ白な波頭を喜々として繰り返し何度も何度もかぶっている。見よ、子供のように夢中になって、実に生き生きと波とふざけている娘のルーリア、これは崇高な人生の真実だ。ここには偉大な愛が、優しい永遠の愛の心がある。こんなにすばらしい題材が果たしてあるだろうか。ルーリア、有難う、有難う。僕は今こそ君を描こう。何もかも忘れて君を描こう。ルーリアは波に沈み、またたちまち飛びあがってきた。

彼はちょっとの間感動のあまりうっとりとした目でルーリアを見つめていたが、やっとわれにかえるとたちまち背負っていた画架をどさりと横に砂の上におろし、画架の足に縄でまきつけていた四本の杭をほどいたかと思うと、絵具箱から木槌を取り出して杭を一本一本小石の散らばる砂地にかんかんと打ち込んだ。海からの風で画架が吹き倒されないように、画架の四本の足をそれぞれ四本の杭に縄でしっかりぐるぐると縛りつけるや、画架にキャンバスを紐でくくりつけ、自分で芦の茎を切って作ったペンを取るのももどかしく、青い瞳を光らせて真っ白なキャンバスの上にガッガッと荒々しい音を立てて素描を始めた。

海は果てしなくどこまでも広がっている。日本の家屋の真新しい畳のような平らな青い海原が静かに静かにうねっている。白いしぶきが意外なほど高く空にほとばしる。珍しがりやの白いカモメの群れがルーリアを魚と間違えたのか、すっと接近し、驚いてたちまち舞い上がる。ああ、海鳴りは止むな。

海は果てしなくどこまでも広がっている。水平線に近い雲の部分は、太陽の光線でオレンジ色になり、反対に青や紫の海面は濁った銀色のような黒みがかってくる。

そうだ。空はいらない。海だけを、母の内なる海だけを描くのだ。太陽は画面の上方、絵からはみ出して額縁の高さにあり、画面には海とルーリアだけを描き込むことにしよう。日本人みたいに日本の版画のような素描を速く、速くもっと敏速に一気呵成に描かねばならない。たちまちすべてはすっかり変化してしまうから、パリにいた時のように何時間もかかって素描を仕上げていては閃きのごとき真実の瞬間は完全につかまえることはできない。空間と時間との緊張によって初めて稲妻みたいに奔流する永遠性は、あまりに瞬間的なのだ。人生において天の啓示とでも言うべき真実は一回かぎりなのだ。急げ、急げ、急ぐのだ。やり直しなんかきくものか。今の今しかもう描けるものか。凝視《みつめ》よ、凝視《みつめ》よ、この目でしっかりと凝視《みつめ》よ。そうして永遠なるものをこの手で握りしめて、力いっぱいキャンバスの中に凝視し固定せよ。海岸には紫色がかった茶色を、この絶えず揺れ動く波にはウルトルメール（紺碧）を、ルーリアの着物は黒色を、ルーリアの周囲の宙にいっぱいあふれ飛び散るしぶきにはブラン・ダルジャン（白色）を、大胆にたっぷりと、ごてごてと厚すぎるほど塗りつけよ。さざ波が太陽に反射して魚のうろこのように光り踊っている。ああ、水の中から躍り出てくるルーリアの水滴で光る肩はなんて白いのだろう。黒い髪の毛がきらきらとまるで金色に光り輝いている。この画面の中に俺のありったけの若さを、荒々しい情熱を、苦悩を、歓喜をすべて塗りこめよ。そうなのだ。ヴィンセントよ、ただこうすることによってのみ、お前は作品の中でお前の若さが蘇り、不死の魂となってはぐくみ成長することができるだろう。そうなれば自分の若さは失ったことにはならない。俺の意思は霧散したことにはならない。なぜなら、自らこの手で素描する線の一本一本に、塗りつける色彩の一筆一筆に、俺の熱い息づかいが、どうしても言葉にできない切ない思いが、この作品の中に確実に注ぎ込まれ息づいているのだからな。色彩が褪せないかぎり俺の生命はこの絵の中に無際限に燃焼しつづけることになる。いや、たとえ俺のこの絵が光が射さない暗い屋根裏に放り込まれたまま色彩が褪せて、ついには人に見られることがなくすんでしまったとしても、それがどうしたというのだ。それでもいいではないか。それでも俺の意志はやはりこの絵の中で生きつづけているのだ。俺の絵は暗闇の中で叫び声も立てず辛抱強く沈黙していても、やっぱり限りなく明るい光を求めて永遠に生きているのだ。ヴィンセントよ、筆の動くにまかせて、強く、強く、もっと強く力をこめて描け。

キャンバスは海風でたえずカタカタ揺れつづける。潮騒は彼の心をますます掻き立てるように鳴りつづける。彼は怒ったような顔つきで、ルーリアと海をたえず見つめて体をぶるぶると痙攣させながら恐ろしい勢いで素描していた。いつのまにか彼の海が映っているような青い瞳に涙がきらりと光っていた。村の古い教会堂の鐘の音が、カランカランとかすかに鳴り響いてきた。

星たちの故郷

タクシーが馬坂峠《うまさかとうげ》の隧道を通り抜けると、霞がかかった深い谷底に旧徳山村《とくやまむら》があった。後、数年も経つと、ダムの水底に沈んでしまう地域だ。タクシー運転手はさっきまで、今日は猪狩りにハンターが七人で組になって山に入ったと話をしていたが、急に無口になった。車はくねくねと蛇行する急な坂道をスピードを落としながら、地面を這うように下りはじめた。まだ隧道が完成していなかった昭和の初め、木炭や栃板を運ぶ馬車がこの峠を何台も往復していた。馬車は朝日の出る頃に徳山村を出て、夕日の沈む頃に岐阜駅に到着した。馬車引きに源蔵という名の男がいた。源蔵はその日も朝から焼酎を飲み、「憂いは馬坂、つらいは冠、法《のり》の長いは田代谷」とほろ酔い加減で歌いながら、馬の手綱を取っていた。ところが、どうしたことか峠の曲がりくねった崖淵の道で馬車の後輪を路肩からはずし、馬車もろとも源蔵も谷底へ真っ逆様に落ちて死んでしまった。源蔵は手綱を離せば怪我をしたかもしれないが、命を落とすこともなかったのに長年夫婦のように連れ添い可愛がった馬を必死に助けようとして死んだのだ。その後、続いて同じ場所で二人の馬車引きが馬車とともに転落死した。そこで、峠の道端に旅の交通安全を願って地蔵尊が祭ってある。旅人はこの地蔵尊に手を合わせて無事を祈って通った。徳山村の娘たちは稲刈りがすむと、町へ出稼ぎに行くためにこの峠を越えた。娘たちは峠で雪がちらちら降りはじめると、折よく通りかかった馬車引きにみんなで頼み込み、荷物を山のように積んだ荷台の後部に綱を結びつけ、それにつかまって寒さで頬を真っ赤にして、はあはあ白い息を切らせながら峠道を引かれて行った。雪の中でも彼女たちの赤い腰巻が色鮮やかに眺められたという。二、三月の雪が残った峠道は氷がばりばりに張って非常に滑りやすく、竹籠に繭や米を何十キロも背負う男や女の歩荷《ぼっか》さえもが足を踏みはずして命をなくしたこともあった。その頃は道幅も狭く馬車が通ればガタガタ揺れ、砂ぼこりの立つ崖道であったが、今は道も大きくアスファルト舗装もされている。それでも、どうかすると、初めて都会から車でやってきた若者がスピードを出しすぎて、カーブを曲がりきれずに谷に墜落して大怪我をすることもある。

車がようやく旧徳山村の入口にある小さな橋を渡ると、対岸にあった村の入口の部落はすべて跡形もなく残っていなかった。それこそ植木も庭石もすべて撤去されていた。これはダム建設による立ちのきの補償の条件として家屋の一切がっさいを撤去して更地にしないと補償金は支払われないからであった。補償金をもらって村を去った多くの人たちは、本巣《もとす》あるいは揖斐《いび》の姥坂《うばさか》へ集団移住していた。

かつて村役場があった地点で、橋本福太郎はタクシーから降りた。運転手は「お客さん、ここは何もないから、早く帰った方がいいよ」と窓から顔を出して、一言言うと車を回転させるや急いで戻っていった。福太郎はきょろきょろあたりを見回した。村の中心街であったのに、今はすべて建物は壊されて更地になっているので、以前どこに何が建っていたのか思い出そうとしてもはっきり思い出せなかった。振り返ると、小学校の白い校舎が道をはさんで村役場の反対側の山際の高台にあった。本郷の町を流れる揖斐川の向こう側には中学校の鉄筋コンクリートの体育館がまだ残っていた。

「ああ、中学校の体育館が取り壊されずにある」

福太郎は涙がこぼれ落ちそうな目で体育館の青いペンキを塗られた屋根を見つめた。じっと見入っているうちに、故郷を出てから、まだ五年も経っていないのに、おれの故郷は本当になくなってしまったという思いが今はした。徳山村のなじみの顔であった人たちが全員残っていないで、ただ小学校の校舎と中学校の体育館だけが現在も残っているのがどう考えても不思議に思えた。なぜなら、夢で見る村人のにこやかな顔は懐かしく、いつも自分を喜んで迎えてくれたから、彼らが今、誰一人ここにいないのはまったく腑に落ちなかったし、現に自分が目にしているこの情景こそ夢の中の出来事ではないかとさえ思えた。

突然に、ガラガラという大きな物音が背後でした。福太郎は思わず右手に提げていたボストンバッグが奪われるのではないかと胸に両手でぎゅっと抱き締めた。黄色の一台のシャベルカーが掘り起こした河原の土砂をダンプ・カーの荷台の上に降ろしている音であった。砂利を採取する建設業者だけはここを去らずに健在であった。福太郎は急にはっと何かを思い出したように歩き出した。今朝、福太郎はなぜかしらもしかしたら、芳枝がわが家に戻ってきているように思えて、矢も盾もたまらず五年ぶりに故郷へ帰ってきた。福太郎は最近まで車を持っていたのだが、今は生活費のために売ってしまったので、しかたなくタクシーに乗って来たのだ。山際の川沿いの道をどんどん歩いて行くと、春には淡紅色のレンゲの花が咲き、夏には田植えをして青田となり、秋には黄金の稲穂が実った田んぼは、今はもう至るところ荒れるにまかせてすすきが密生していた。ぼおっとかすむ白いすすきの穂波が、風が吹くたびに一斉にさわさわとかすれた音をたてた。その度に、福太郎は幼い頃に母親のイネから聞いた村の昔話に出てくる山婆の白い髪の毛を思い浮かべて胸がどきっとした。村の昔話とは、「ものを食わぬ嫁」の話であった。昔、この村にけちな男がいて、嫁をもらっては物もいるからと言って、嫁をもらわずにいた。ある晩、美しい女が来て、おまえはもの食わぬ嫁を探しているとのことだが、わしはもの食わぬから嫁にしてくれというので、男はこれ、幸いと女を嫁にした。女は言った通り、何日もものを食べずに働きつづけた。それで、男は疑いをいだき、ある夜、外へ行ったふりをして、家に隠れてこの女の様子を見ていた。すると、女は飯櫃いっぱいの飯のふたを取って頭の髪の半分を手で掻き分けると、頭のふたが開いて、そこにぽんと飯をいれてしまうと、また髪の毛を元の通りにした。男は飛び出し、「お前みたいな化物は出てゆけ」と叫ぶと、女は急に口が耳までめりめりと裂けるや恐ろしい形相の山婆に変わり、男を食おうと飛びかかってきた。男は驚いて、一目散に外へ逃げ出したが、山婆はこれを逃すまいと追いかけて来た。それで今も男と山婆の追いかけっこは山々の尾根でつづいているという話だ。福太郎はこの話を聞いてから、夜中に戸外にあった便所へ行くのが怖くて、横で寝ているイネを揺すり起こして便所の前までついてきてもらった。福太郎は荒壁でできた古い便所の木戸を開けると、真っ暗がりの中にいきなり山婆が大きな真赤な口を開けてすっくと立っているように思えてしかたなかった。木戸を開けたまま、糞つぼにつかまって必死にうんうんうなりながら大便をしていると、暗い糞つぼの中から突然に白い手がにゅっと出てきて、彼の股座の大事なものを思い切り鷲づかみされるような戦慄を背中に感じてぞっと寒気を覚えたものであった。

村では夏は稗飯を、冬は栃の実を主食としていた。白米は正月か盆か、それとも病気になった時しか食べられなかった。だから長生きした年寄りは働けなくなると、山奥に連れて行かれ捨てられた。福太郎はこの「もの食わぬ嫁」の昔話は、山に捨てられた年寄りがひもじさのあまり、再び里に立ち戻り、自分を山に放置した村人に山婆となって復讐する話であろうと思った。

川が蛇行しているからか、ざあざあというせせらぎの音が急に大きく聞こえてきた。福太郎の小さい頃には、部落のあちらこちらの家に家畜小屋があって、牛や豚の鳴き声がよくした。村の一番鶏が夜も明けないうちからコケコッコ〜と鳴くと、あちこちの家で飼っている鶏がまるで鳴き声のコンクールをするように鳴いた。けれども、村に突然ダム建設の話が持ち上がると、村人は牛や豚を次々と売り払い、いつのまにか庭先で育てていた鶏を飼う家も少なくなってしまった。初めのうち、村人は「たとえ貧しくとも先祖伝来の土地や家屋敷を離れるのは絶対に嫌だ。祖先の墓を捨てたら、自分が死んでも骨を納めることができない」と誰も彼もこぞってダムの建設に反対をした。補償係は村人の反応をうかがいながら、村人の立ち退き料として補償金を年々少しずつ上げていった。それに従って、村を去る家族が少しずつ増えていった。水資源開発公団の職員は、ダム建設に反対する人たちを村の公民館に集め、ダム建設の説明会を何度も繰り返し飽きることなく開いた。開発課の課長は恭々しくお辞儀をして言った。「揖斐川の下流にはすでに横山ダムもあるが、揖斐川の洪水を防ぐためにはどうしてももう一つ徳山ダムが必要なのです。なるほど建設省も揖斐川の堤防の整備をしています。しかし、揖斐川は徳山ダムで水を調整しないと安全ではありません。勿論、徳山ダムは洪水対策だけが目的ではありません。日本一の六億六千万トンの貯水量のダムが完成すれば、膨大な電力がここから供給されるのです。原子力発電をすればいいという意見もありますが、これから日本は原子力発電所を何十基つくってもまだまだ足らなくなってくるのです。とにかく、電気がなくては日本の産業は発展できないのです。先祖代々ここに住まれ愛着のある故里が水の底に沈むのは忍びがたいことです。それは私にもよく分かります。しかしですね、すべて日本国のためです。お国のために涙を飲んでそこのところを分かってほしいのです。勿論、皆さんが村を去っても生活できるようにできる限り十分に補償金も出すし、皆さんが集団移転できるように代替地も用意させてもらいます。先祖のお墓は移さねばなりませんが、墓を守ってもらうためには村の寺も、それから村の神社もそのまま大切に移転します。さらにどうしても田畑を耕してくらしたい人には移転先の近所の農地も確保しましょう」

さらに、またある時はこんなことも言った。「ダム建設の反対の皆さんは、失礼ながら町のくらしが村のくらしよりどんなに快適かよくお知りにならない。だから強硬に反対なさる。こんなことを申すと、お怒りになるかもしれませんが、率直に申してこの村にいて将来はありますか。この村に若者の就職口がどこにありますか。若者の遊ぶ所が一体どこにありますか。今でもお年寄りや子供だけの村ではありませんか。このままではいずれにしても廃村になる運命です。どうか、皆さんのお子さんの将来を考えて、ここは決断してほしいのです。町へ行けば、快適な生活が皆さんを待っているのです。皆さんは町へ行けばここよりももっと幸福になれるのですよ。皆さんが町へ引っ越したら、子供さんを高校へやるにしても今までのように下宿をさせる必要もありません。私には東京の大学に行っている息子がいますので、高い下宿代がどんなに家計に大きな負担を与えているのかよく分かります。何よりもわが子が町で下宿しているうちに、非行に走り学業を怠けるかもしれないという心配が解消される訳ですからね」

福太郎の母イネはダム建設の説明会から帰ってくると、床の間にある仏壇の前に座り込んだ。仏壇には福太郎の父親橋本福三の位牌が祭られ、その傍らにガラスの箱に入った陸軍兵長の軍服姿の黄ばんだ福三の写真が立てられていた。福三は昭和十九年九月八日フィリピンのミンダナオ島で戦死していた。イネは香炉に線香を立てた。

「いつだってお役人はお国のため、とそがいなことゆえば、なんでも出来ると思うとるのや。父っさはお国のために出征してそのまま戦争が終っても帰って来んさらなんだ。一粒種の福太郎が生まれたのも知られんとな。一目だけでも福太郎を父っさに見てもらいたかった。戦死の広報が来て、それから遺骨が来た。けんど、遺骨を見たら石ころやった。遺骨が石ころということは父っさがどこかに生きておらっせるってことやろ。うら、そう思うたから、村の共同葬儀にも行かんかった。役場や村の衆らはなんで葬儀に出んのかとゆうてみんなしてうらを咎めよったがな。父っさ、早う帰ってきてくれよ。うら、まあいっぺんでええから父っさに会ってから死にてえ。早うせんと村はダムのためになくなっちまう。うらあ、村を出てどうしたらええか分からんがあ」

イネは目にはいっぱい涙を浮かべ両手を合わせていつまでも仏壇の徳三の写真に向かって語り続けた。

イネは戦後まもなく福三の両親が続いて病死した後も、一人息子の福太郎のために立派に後家を守り通して来た。イネは福太郎が赤ん坊の時から、いつも一緒に風呂に入り、福太郎の体をきれいに洗ってやった。イネは嫌がる福太郎のいが栗頭を自分のふくよかな胸に押し当て石鹸を塗りたくった両手で頭を痛いほど強く、強くこすった。

ある夏の夜半、福太郎は熟睡していたのに、イネにいきなり起こされ風呂に入れられた。福太郎は何がなんだか分からず半分寝呆け眼で風呂に入ったが、それでも子供ながらも今晩の母の様子がなんだかいつもと違ってひどく興奮し、息巻いていることだけは分かった。

「われの父っさはな、ちゃんとフィリピンのミンダナオ島に生きていなさる。父っさはアメリカ軍なんかに殺されるもんやない。父っさは米二俵もかつげるほどの力持ちやったんやぞ。それによ、写真見ても分かるようになかなかの男前やろ。ああ、ほんとに忌ま忌ましい。村の男衆がうらが後家じゃと見てたわけにさらいて福三はもういんでまった人やからええやないかとくどき、夜這いに来やがった。うぬ、何をするのや。うらの体は福三さんだけのものやから、誰にも触らせんとゆうて、男の指に力いっぱい噛みついてやったわ。今に父っさが帰ってござらったら言いつけてやるからな」

福太郎はいきり立ってしゃべる母のイネに石鹸をつけた手拭いで顔をごしごし洗われながら、自分の体が母の柔らかい体にピタッと押し付けられているのが、なんとも言えず気持ちがよく母のなすがままにうっとりしていた。

村の白山神社があるところまで来た。今は神社の社はなく石段のみ残っていた。樹齢百年を越す大きな一本の銀杏の木が醜い裸体をさらして寂しそうに立っていた。幹の根元には銀杏の黄色い枯れ葉がうず高く積もっていた。いずれ近いうちにこの銀杏の大木も根元から無情にも切り倒されるにちがいなかった。福太郎は神社の境内で木枯らしが吹く頃に、自分が坐れる大きさの木の板の裏に雨戸の戸車を四個つけたローラースケートで遊んだし、みぞれや雪が降りはじめると、神社の裏山の斜面で竹で作ったそりやスキーで滑ったことがあったとふと思い出した。あの頃は一日の時の流れが本当に緩慢で、それこそ遊び疲れるまで遊んでいても日がなかなか暮れなかったように思えた。

さっきよりも急に細くなった道を回ると、道から離れた所にはじめて二軒の廃屋が立っているのが見えた。今もダムの建設に反対して立ち退きをしないまま、取り壊された家なのか分からないが、人が住んでいる気配はなかった。一軒の平建ての家は板屋根が半分めくれてなくなり、もう一軒の二階建ての家の瓦屋根は完全に抜け落ちて棟木が見えた。大雪が原因だ。徳山村の雪は多い時には五メートルも積もる。シベリアから日本海を渡って来た北風が、越前と美濃の国境にある能郷白山や冠山にぶつかって雪を落とすのだ。ある冬には大雪のために村の道路が完全に寸断されて孤立し、ついに自衛隊のヘリコプターによって食糧や医薬品などの救援物資を何度も村へ空輸してもらわねばならなかった。ひと冬じゅう雪国の徳山村では、雪が降ると屋根の上に積もった雪を下ろさなければ、雪の重量で家がつぶされてしまう。だから、雪の降るかぎり、村人は毎日朝早くから屋根に上がり、体じゅう汗をかきながら雪かきで雪を軒先へ下ろす作業を続けねばならなかった。もし、この雪との戦いをやめたら、たちまち雪に人間は殺される運命であった。村人にとって、降りつづいていた雪がやっと小休止した時の晴れ間の青空ほど嬉しいものはなかった。

福太郎はもう少しでわが家があった場所を通り過ぎるところであった。なぜなら、自分の家の敷地のあちこちにもうすでにすすきだけでなく裏山から下りてきた熊笹が子供の背丈ほどの高さに生い茂っていたからだ。もはやわが家の痕跡は消され、急速な勢いで荒野に変貌しようとしていた。ただ便所のあった跡は大きな窪みとなり、そこに周囲の山から木枯しに吹き飛ばされた櫨や楓の木の葉がいっぱい詰まっていた。福太郎は熊笹の陰に芳枝が隠れているのではないかとちらと思った。熊笹をかき分けて中をのぞいて見ると、鳥の乾いた糞が点々と転がり、羚羊《かもしか》らしい足跡もいくつか残っていた。福太郎は芳枝が小学校へ行っているかもしれないと急に思い直して、出かけて行った。川風の吹き抜ける校庭で、子供たちがボール蹴りをしてわあー、わあーと騒いでいた分校の校庭にはだれもいなかった。木造の校舎もなかった。

福太郎の一家はダム建設による補償金で名鉄揖斐線の黒野駅前の三階建てのビルを買って引っ越した。家主は婦人服の縫製業をしていたが商売が失敗して夜逃げしたため、不動産屋に売りに出ていた古いビルであった。そこで、クリーニングの取次店を始めた。洗濯工場を岐阜市に持ついくつかのクリーニング店は互いに十年以上も薄利多売の競争をしていたので、取次店獲得のために店の開設にあたって看板から改装まですべて会社側で面倒を見てくれた。福太郎は働き口を求めたが、農業しか知らなかったので、技術のいる大工、左官、塗装、タイル工の仕事はできず、やっとのことで、ある建築会社の大工見習いとしてなんとか採用してもらった。

黒野町へ引っ越してから三ヶ月経った時のことだ。イネが一人で岐阜市まで名鉄電車に乗って買い物に出かけていった。ところが、終電の時刻になってもイネは帰って来なかった。建築現場から九時過ぎに帰宅した福太郎は、テレビを見ていた妻の芳枝に「なぜおっかさんを一人で外へ出したのや」と叱ったが、芳枝は「しかたがないでしょう。ばあちゃんは一人で行けると言わしたんやから。子供じゃないから、タクシーでも乗って今にちゃんと戻って来なさるわ」と言い返した。福太郎はむっとした。「おまえは暇なんやから、しばらくの間はおっかさんと一緒に岐阜までついていってくれてもいいやないか。おっかさんがこれまでめったに村を出たことはないのはおまえだってよう知っとるやないか。おまえはなんだかんだと言って、おれの母親の世話をするのが嫌なんやろ」

「何を言っとるの。おっかさんの方こそあたしのことが気にいらないものだから、余計なおせっかいをするなとしょっちゅう言われているのですからね」

二人が口喧嘩をしていると、突然に電話が鳴った。福太郎があわてて電話の受話器を取ると、関市の警察署からの電話であった。

「もしもし、橋本福太郎さんですか。あのね、お宅のばあさんは橋本イネとおっしゃるのでしょう。その橋本イネさんがね、電車を乗り間違えられて黒野町と反対方向の関市まで来なさったという訳です。そうです。道に迷われたのです。うちの署員が先ほど関市の町をイネさんが一人で歩いたおられるところを補導しましてね。まだ最近、徳山村から引っ越されたばかりとか、お宅の電話番号も忘れられてね。早速、イネさんを引き取りにこちらの署まで来て下さい。随分と心細い思いをしておられますので、大至急お願いします」

福太郎は車で急いで関市の警察署まで迎えに行くと、イネは待合室でしょんぼりとなにか物思いにふけっていた。福太郎が放心状態のイネの右肩に手をやって「おっかあ」と叫ぶと、イネはやっと息子の福太郎だと気がついてかすかに笑った。

「ああ、すまんこっちゃ、電車をまるで間違えてしもうて。まあちっと早う頭が働けばよかったのやろがい。いかい（大きな）道路には車が多いし、通る人もいっぱいでな。耳はがんがん鳴るし、目はぐるぐる回ってくるわ。ほしたら、どっち向いて帰ったらええのか、さっぱり分からんようになって、こわいしな道を通る人に聞けばよかったのやろが、誰も彼もみな忙しそうに歩いとるもんで、うらはどうしても道を尋ねる勇気が出んもんで、こげなことになっちまった。われにはえらい難儀をかけてまったなあ」

イネは背の曲がった体をさらに小さくするように深い嘆息をついた。

この出来事があってから、イネは夜中に夢を見ていたのか急に起き上がり、そのまま戸外へ飛び出ていくようになった。不思議なことに決まって午前三時ぐらいになると、イネが寝床から起き出し、外を徘徊する習慣がはじまったのだ。

「おっかあ、どこへ行くのや」

福太郎は家の戸を開け、よろよろとした歩みで外へ出て行こうとするイネの右腕をとって引き止めた。イネはにっこり笑って言った。「福太郎、あれ、嬉っしゃなあ。お父っさが帰って来られるという公報が役場から今さっきあってな。父っさをお迎えに行かないかんのや。それ、のしゃ（おまえ）、知っとるやろ。お父っさが出征なさる時に、村の衆全員で馬坂峠まで日の丸の小旗を振って見送りに行ったことをはて、われは愛らしいぼー（男の子）じゃったもんで、覚えとらんかもしれんがな。あの馬坂峠までお迎えに行かなきゃんなんねえ。われのお父っさに会えるんやぞ。待ちに待っためでてえ日なのに、福太郎、なにをぐずぐずしておるんにゃ。早う行こまいか」

イネはそう言うと、福太郎の手を振り払い寝間着のまま裸足で外へ飛び出して行った。妻の芳枝は「とうとうおばあちゃんも呆けはじめたのじゃないの」と言ったが、福太郎はイネが呆けたとは信じられなかった。昼間はまったくおかしな素振りも見せないイネがどうして夜中になると、家の周囲を徘徊する癖がついたのか分からなかった。最初のうち福太郎はイネを夜間、外へ出すまいと寝床へ押し戻したり、無理やり寝かせつけようとしたが、イネがこれを嫌がり大声をあげたり、痩せて細い腕なのにどこにそんな力があるかと思うほど物凄い力を出して暴れ回るので、やむなく外出させることにした。福太郎はイネにきちんと着物を着せ、草履を履かせ、ふらふら歩いていくイネの後ろからついて行った。イネは暗い町じゅうあちこち歩き回った。

「母っさ、寒いよ。もう家へ帰ろう」と福太郎が言うと、イネが「馬坂峠はまんだかな」と首をかしげてつぶやくように言う。「峠はこっちゃがな」と福太郎がイネの手を取って家まで連れて来て、温かい布団の中に入れると、イネは歩き疲れたのかそのままおとなしくすやすやと昼近くまで眠った。福太郎はまるで夢遊病者のようになってしまった母のイネを見て、一体どうしたらよいか分からなかった。

クリーニングの取次店をはじめてから半年近くにもなったが、相変わらず新しい顧客はつかなかった。クリーニングの取次店は容易に開くことはできても、クリーニング代はどこも大差がないうえ、町にいくつも他の店があるので、クリーニングの店だけで食べていくことはとても出来なかった。一年もしないうちに、芳枝は「クリーニング店をやめて喫茶店をやりたい」と言った。福太郎は「喫茶店は駅の真ん前にあるし、町には喫茶店が何軒もあるではないか」と言うと、芳枝は「そりゃ、ここでは駄目よ。でも場所さえよければ喫茶店は一日に何万円ももうかるからね」と言った。芳枝は高校時代にアルバイトで喫茶店のウェイトレスをやったことがあるから、コーヒーや紅茶だけでなく、スパゲティーなどの軽食もうまく作れると自信を持っていた。そうして、「ダムの補償金を食いつぶしてしまう前に、何か金になる事業をはじめないと。善は急げと言うやろ。よい店を探すわ」と言って、自分で岐阜市内の不動産をいくつか回り、とうとう高校が近くにある一軒の店を探して来た。それから芳枝は店を借りても店の改善をしなければお客も入らないからと自分の気に入るように店の内装をしてしまった。このため、貯金をしていた残りの補償金だけでは足らず、銀行に金を借りねばならなかった。

福太郎はクリーニング店の看板を軒先から取りはずしもしないまま、イネの世話をするため仕事にも出かけず、家にいた。イネはもう夜中に外を出回ることもなくなったが、いつもぶつぶつ独りごとを言うようになった。イネは芳枝が町のスーパーで買ってきた米や野菜はいらないと食事を取ろうとせず、うらが畑で作った米や野菜が食いたい、揖斐川のイワナやアマゴがもう一ぺん食いたいと何度も言って福太郎を困らせた。

黒野町へ引っ越してから二度目の夏の晩であった。イネは朝から福太郎を少しも離さず「早う故郷の徳山村へ帰ろう」とかきくどいた。福太郎が「徳山村はダムに沈むからもう帰ることは出来ない」と何度繰り返し話してもイネはまったく理解できなかった。

「うらが町におるもんで、父っさはミンダナオ島から帰って来ても会えんわけや。われとうらがちゃんと村におって、父っさを迎えてやろまい。父っさが難儀しておらっせるがや。そしたら、明日にでも父っさに会えるて。先祖様のお墓や土地を守り、われをちゃんと立派に育ててきたところを見てもらいたいのや。ああ、父っさがどんなに喜ばせることか。そうなりゃ、うらの役目はやっと果たしたことになる。うらの役目は村におってこそ、果たせるんよ。ねえ、もうこげな町のくらしはえらかあ。町じゃお金が一円のうても一日とてやってけんが、村はなんでも自分どこで作っとったで、お金もいらんで極楽やった。早う村へ戻りたい。うらあ、死ぬときは村で死にたいなあ」

イネは頬に涙を流し福太郎に頼みつづけた。が、突然に激しく怒りはじめ福太郎の胸座に力いっぱい両手で武者ぶりついた。

「福太郎、この親不孝者、のしゃ六代続いて村を守ってきたうらの一族を滅ぼす極悪人やぞ。うらが絶対に手放さんとあんだけ言うたに金にめがくらんでまって先祖様の墓や田んぼまで売ってまったタワケや。えい、薄情者、人出なし」と言うや、福太郎の首を絞めつけて殴りかかった。しかし、イネは不意にあおむけになってひっくりかえった。そうして、そのまま口から泡を吹いてあっけなく死んでしまった。思いもかけぬ一瞬の出来事に、福太郎はおのれが母のイネを殺した罪の意識に激しく襲われ、とりかえしのつかないことをしてしまった後悔に責められて手足をぶるぶる震わせ、横たわる母イネを呆然と見つめるだけであった。

家で行なったイネの葬式には、村の年寄り衆が多勢出席した。年寄りは口々に、「イネさんは村におらっせたらまんだ長生きさっせたのにほんとに惜しいことしたなあ。町のくらしはあんら（わしら）年寄りにはさっぱりなじめんもんな」と言った。イネの葬式の後も、喫茶店の経営はうまく行かなかった。当初は開店祝いの景品を求めて客も押し寄せたが、たちまち客は来なくなった。岐阜市では喫茶店が多く、互いに競争が激しくコーヒー一杯を注文してもコーヒーだけでなく、茹で卵やトースト、サラダを余分につけてサービスしなければ客を店に呼び寄せることはできなかった。まして、芳枝のつくって出すコーヒーでは客は何度も店に来ることはなかった。芳枝は若いきれいな娘をウェイトレスに雇えば客が増えると考え、ウェイトレスを入れても、客はさっぱり来なかった。かえってウェイトレスに支払う給料に困るようになった。喫茶店は六ヶ月で閉店した。後には借金が残っただけだった。

福太郎は長いこと休んでいた大工の見習いの仕事に再び出かけた。大工の見習いといっても、実は砂利や材木を運んだりする力仕事であった。福太郎はできれば家の近くに田畑を借りて、農業をしたかったのだが、妻の芳枝が福太郎の百姓に戻ることを嫌がったので、大工の見習いになったのであった。芳枝は村にいた頃は正月前に美容院へ行き化粧するぐらいであったのに、喫茶店をやるようになった時から、赤茶色に髪を染めたばかりか、暇があれば鏡を見ては顔をぱたぱたはたき、赤い口紅をつけ、美容院へよく出入りするようになった。のみならず、どこのデパートで買ってくるのか、赤っぽい派手な服を好んで着るようになった。芳枝は借金を返済しなければならないと言って、柳ヶ瀬のバーにホステスとして働きに出かけることにした。芳枝は昼間に風呂に入り、体が赤くなるまで磨いた。風呂から出て、双肌を脱いで鏡台に向かって念入りに白粉を塗り、眉墨を入れ唇に紅をさしている姿はなんだか生き生きして、とても楽しそうであった。福太郎には特別美人でもない芳枝が化粧してめかしこむと、どういう訳か美人らしく見えてくるのがなんとも不思議であった。もしかしたら、芳枝はもともと美人であったのを自分はこれまで勘違いしていたのではないかとさえ目を疑った。

雨が降ったため、福太郎は仕事が休みになったので、畳の上で寝転んで芳枝の化粧の様子をぼんやりと見ていると、芳枝が「ねえ、項《うなじ》のところに白粉がうまくつかないから、つけてくれる」と言った。福太郎は芳枝の背中に回り、芳枝の細い項に白粉を刷毛で塗りつけてやった時、首筋から芳枝の白い胸元を覗き込み、じっとしておれずに押さえつけた。それ以来、芳枝は二度と福太郎が傍にいても項に白粉をつけてくれと頼まなくなった。芳枝は夜中の二時にならなければバーから帰って来なかった。タクシーが家の前で止まる音がし、すぐにバタンとタクシーの扉の閉まる音がすると、玄関の戸が開いて芳枝がぷんと酒くさい息を吐きながら家の中に入ってきた。「お客さんがね、お土産に鮨を買ってくれたのよ。今、お茶を沸かすから一緒に食べない」と話す芳枝は嬉しそうにはしゃいでいた。芳枝はいつもバーへはきれいな和服を着て行った。

「うちのママがね、あたしのような年増は洋服は駄目、和服でなくちゃ日本の女の魅力が出ないと言うのよ。近頃、柳ヶ瀬もアジア各国のホステスが多くなってね。競争もはげしいのよ。でも、あのまま村にいたら、あたしなんかこんな着物は一度も着れずに人生終わったかもしれないわね」

芳枝は金融ローンで借金して買ったばかりの西陣織りの着物をいとおしそうに撫でながら言った。もはや目前のあでやかな和服を着た芳枝が編笠をかぶり、モンペをはき、竹籠をかつぎ、鎌をもって汗水たらしながら夏草を刈っていた姿を想像することも難しかった。芳枝は今の境遇を心から喜んでいるようだった。

ある秋の日、福太郎は仕事先で二階建ての家を普請をしている時、誤って梁から足を滑らせて土間に落ちた。幸いなことに左足首の骨を折っただけで命には別状はなかったけれども、折れた骨がくっつくまで岐阜市の病院に入院しなければならなかった。芳枝はバーの勤めも休み福太郎の入院に付き添い看護をしていたが、担当の医者から完治するまでに六ヶ月もかかりますよと聞かされてからは、病院へは時々しか顔を出さなくなった。福太郎は石膏をはめた左足を庇いながら、松葉杖をついて歩けるようになると、病院から百メートルも離れていないパチンコ屋へ行っては一日中暇をつぶすより他にしかたがなかった。福太郎は退院して家へ戻りたかったが、妻のコルセットをはずせるまではおとなしく入院していた方が治りが早いという言葉に従って、しばらく入院をつづけた。

十一月に入り、急に寒くなってきた。福太郎は冬の肌着が必要であったし、近くギブスもはずせるという医者に言われたことが嬉しく、早速芳枝にこのことを知らせてやりたくて、芳枝がやって来るのも待ちきれず、タクシーで家へ帰って行った。芳枝がバーへ出勤するにはまだ時間の余裕のある正午過ぎであった。玄関の戸は白いカーテンが引かれ鍵がかかっていて、びくとも動かなかった。福太郎はまだ芳枝が寝ているのかと思った。芳枝はふだんから「あたしは低血圧で朝起きるのが一番つらい」とよくこぼしていたので、まだ寝ているのにちがいないと思った。芳枝は村では正月でも一度だって昼過ぎまで寝ていることはなかったが、今では夜の仕事柄、昼過ぎまで寝ていることも珍しくはなかった。福太郎は朝早く建築現場へ出かけるので、いったい芳枝が実際何時頃に起きるのかよく分からなかった。福太郎はひょっとしたらここしばらく芳枝が病院へ来なかったのは、病気になっていたからではないかと急に心配になった。福太郎は家の裏に回り、鍵がかかっていない戸がないかと探した。案の定、戸が開いていた。福太郎は芳枝をびっくりさせてやろうと出来るだけ松葉杖をつく音を立てず、二階にある自分たちの寝室へ上がっていった。唐紙を開けて、福太郎はあっと声を呑んだ。掛蒲団や毛布が散らばっている中に、芳枝と見も知らぬ男が二つ並んだ蒲団の上に裸で抱きあって寝ていた。福太郎はこれは夢ではないかと目をぱちくりさせた。二人とも軽いいびきをたてて心地よさそうに眠っていた。福太郎は思わず手に持っていた松葉杖を振り上げた。まず一撃を自分を裏切った芳枝の頭に、その次の一撃を口を開けて寝ている男の頭にあびせねばならなかった。福太郎は大声をあげた。と、その叫び声に芳枝は目を覚まして「きゃあ」と言ってはね起きた。福太郎はあわてて松葉杖を振り下ろしたが、松葉杖は芳枝のまくらを激しく打ちすえただけであった。芳枝のわめき声に男も驚いて起き上がった。福太郎より図体の大きな男は怯まず、松葉杖を振り上げようとする福太郎に体当たりをしてきた。福太郎はたちまち蒲団の上に転がった。やっと立ち上がった時には二人は部屋にいなかった。福太郎は二人を追いかけようと右足だけでぴょんぴょん階段を駆け下りていったが、二人の姿はすでにかき消えていた。

それからの福太郎は芳枝を求めて探しつづけた。柳ヶ瀬の何百軒もある酒場をそれこそしらみ潰しに探し回ったが、まるで芳枝の行方は分からなかった。母のイネは福太郎と芳枝が結婚する前に、「うらあは芳枝を小さい頃から知っとるが、学校を出てから村へ戻ってくる前に五年も紡績工場の女工をしとったから、町で一体何をしとったか分からへんぞ。この田舎に根を下ろせるだけの根性のあるオナゴじゃねえて」と芳枝を福太郎の嫁にふさわしくないからやめておけと反対した。結婚してからも、妊娠していた芳枝が家で栽培していた椎茸を取りに山へ行った帰りに石に躓《つまず》いて転がって流産した時と、雪下ろしの際にあやまって二階の屋根から滑り落ちて再び流産した時に「おおかた芳枝はわれぇの子を産みたくねえのじゃろ」と言って、譏《そし》ったことがあった。イネが妻の芳枝のことを悪く言っても、福太郎は芳枝を信じていた。しかし、今は福太郎は芳枝にはっきりと裏切られたことを認めざるを得なかった。しかし、芳枝はイネが言うとおりの女だったとしても、それでも芳枝が過ちを反省するなら許してやってもいいと福太郎は思った。自分に甲斐性がないから芳枝が自分を裏切ったのだと自分を責めた。芳枝があれはただの浮気だと一言詫びを言ってくれたら、何もかも忘れて最初からやり直そうと思った。福太郎は松葉杖をつきながら、名古屋まで芳枝を探しに出かけて行った。なんでも男と一緒に妻が名古屋へ行ったという噂を聞いたからである。しかし、何度も名古屋へ足を引きずり出かけていったが、芳枝を発見することはできなかった。

福太郎は分校の運動場に放置されたブランコに腰を下ろしたまま、じっと動かなかった。ブランコは少し揺するとさびてギイギイ軋んだ。福太郎には故郷を出てからまだ五年しか経っていないのに、村を出てから今日までの出来事はもう随分と遠い昔のようにも思えたし、また反対にまるでつい昨日のようにも思えた。いつの間にか夜の暗闇が重く垂れはじめた。黒ずんだ山の姿が黒く影を落とし、白い雲が低くゆっくり流れていた。ほーほーと梟の鳴く声が向こうの峰から聞こえて来たので、福太郎は思わずわれに返った。と、何かぴかりと光るものが見えた。星だ。星が空にきれいに瞬いていた。あたりが暗闇になればなるほど星の数はますます増え、星の光はいっそう強く明るくなった。福太郎は今生まれてはじめて星を見たような喜びか、それとも悲しみか分からないものを感じた。頭上に常にあれほど生き生きとした星が自分に降り注がれていることに驚嘆した。自分は空を仰ぐ余裕もなく地面を見つめつづけて今日まで生きてきたのだと思った。村で生活していた頃は、見上げた満天の星が一度も美しいなどと思ったこともなかった。それなのに、今ではこうして星を心おきなく見つめていることが限りなく幸福に感じた。突然、雉子《キジ》か何かばたばたと頭上を飛んで行った。しかし、今は廃校となった校庭の片隅に自分ひとりしかいないことを少しも恐くなかった。夜の寒さも感じなかった。福太郎はこうしたまま、一晩中、星のまたたく夜空を見つづけていようと思った。

ふるさとで炭焼きを

村山仁平老人は朝五時のニュースで、五木の子守唄で知られる熊本県五木村の集落が、九州で最大級のダムとなる川辺川ダムの建設によって、湖底に沈もうとしているニュースを聞いた。五木村の衆はいら（おれ）らと同じで、また住み慣れた故郷を失い、どこか町へ移転していかねばならんことになる。狭い日本に三千近くもダムがあるというが、一体いくつダムを造れば気がすむものかと村山老人は思わずつぶやいた。村山老人はたった一人で朝飯を食べると、「行って来るわ」と言って大きな仏壇の前の鈴《りん》を鳴らした。それから仏壇に立てられた妻よしと弟弥三郎の写真に向かって合掌した。

村山老人は定刻通り六時半の迎えのバスに乗った。バスは祭日、土・日曜日の休み以外は決まって家の近くまでやって来る。すでに乗り込んでいるのは、同じ町内に住む日焼けした顔なじみの男女の年寄りばかりである。村山老人は「早いなあ」という挨拶に、自分も同じ挨拶を交わすと、いつもどこかでほっと安らぎを感じる。

バスは一時間近く揖斐川の本流沿いの道路を走る。バスが新しく山腹を貫いて出来た隧道を通過すると、ようやく自分の住んでいた故郷の旧徳山村に入った。徳山村という村名は日本地図の上から消されて、今では隣村の藤橋村に含まれている。途中、村山老人は揖斐川の対岸に森を切り倒されて丸裸になった山を見ると、また不機嫌になった。無残にも赤色に削り取られた山肌に、徳山ダムの建設のために新しい道路が造られている。今はまだ緑の森の故郷の山々が、やがてはダムで水没する山の頂まであんなふうに、樹木を切り倒され丸裸にされてしまうのか。村山老人は村が一日一日とダムの底に沈む葬式の準備をしている情景を、この眼で見なければならぬのがたまらなく切なかった。こんなぶざまな故郷の姿を見るために、長生きしたのではないと大きな溜息をついた。

　バスは村の中心であった本郷を通り過ぎる。ここには村役場、郵便局、小学校、中学校、旅館、飲食店、理髪店、美容院、タクシー、自転車屋、自動車修理屋、洋品店、薬屋、電気屋、パチンコ屋、酒屋、薬局、豆腐屋、タバコ屋、八百屋などのいろいろの商店があった。今はその家並みの跡はどこもかしこも人の背丈ほどの夏草が鬱蒼と茂っている。それでも、電線を架けた黒い電信柱があちこちに今も立っているので、緑の草むらと化したこの地域がかつては確かに町並みであったことをかろうじて知ることが出来る。このままでは村の一本道であるアスファルト道路の上も雑草で覆われてしまいそうだった。四百六十六世帯が住んでいた徳山村も、今は野となるように人住まぬ廃村はどこもこんなに荒涼たるものかと、村山老人は隣の座席にうつらうつら眠り続ける生涯木挽きであった山田源治に改めて語ることもせず、バスの窓の外の風景をじっと見つめた。朝の爽やかな風が開け放ったバスの中へ懐かしい山の匂いをいっぱい運んで来る。

うちの婆さんが生きていたら、こんな惨めな有様をきっと見かねて野草を鎌で刈り取りはじめるに違いなかった。妻のよしは朝早くから夜遅くまで休む暇なくほんとうに働いて働いて、働き続けた婆さんだった。婆さんはいら一人でも草刈り鎌一つあれば、一山ぐらいは刈り取るのは平気さと言っていた。「新草刈るかよ　ナヨ　刈り干しヨ　するか　ヨ　鎌が　切れぬか　ヨ　おいとしや　ヨ」という草刈り歌「新草」が上手だった。婆さんは町へ下りてからは畑が欲しい、畑が欲しいと言っていたが、見知らぬ土地で暮らす気苦労が原因なのか、町へ移転して一年もしないうちに呆気なく亡くなったのだった。

町場の者は村山老人が旧徳山村の遺跡発掘工事の作業員として毎日勤めに出るのを見て、八十歳にも近い老人があぁして働きに行くのは作業がよほど楽な仕事なのか、それとも徳山村の者たちは補償金をたくさんもらっているのにそれでもまだ金が欲しいと見える、一人暮らしのくせに、死んでも冥土へ金を持っていくつもりなのかと陰で悪口を言っているのを、村山老人は知らない訳ではなかった。けれども、村山老人は自分が休む時は即ち死ぬ時だ、人間は死ぬまで働いてはじめて立派に往生できると思い、気にかけなかった。七十五歳で死んだ炭焼きの親父の李右衛門も死ぬ前日まで木箱のような鞘に入れたノコギリを腰にさし、しょいこを背負い山へ行った。親父は人としゃべるのが嫌いで、山に入って鳥たちと話すのが唯一の楽しみであった。「町場の奴は、いらの炭を五倍もの高値をつけてもうけているにもかかわらず、いらの焼いた立派な炭をなんやかやと文句をつけて安く買いたたきよる」と親父は言っていた。

町場の者は、集団移転して来て造った徳山村の人々の家を「徳山御殿」と半ば揶揄を込めて羨ましがったが、その家は新参者の自分たちが軽蔑されたり馬鹿にされたくないために、大事な補償金をはたいて土地を買い大きな家を作ったものだ。中には、家屋を借金までして無理して造ったために、町へ移っても働き口がなく、ついに補償金を使い尽くし家を安値で売らなければならない者もいた。こうした徳山村の人々を見て、「徳山の者は計画性がない」「金を持ったことがないから、金の使い方を知らない。税金の無駄使いだ」と町場の人は非難した。

村人が補償金をもらう前には、「陸の孤島」と言われた村へ六十キロも離れた岐阜市内の銀行や信用金庫や農協の支店長が土産を持って日参し、「どうか預金をしてくれ。困った時には必ずこっちから融資します」と言っていたのに、バブルがはじけた今は、移転先へ手の裏を返すようにぴたっと来なくなってしまった。町で始めた商売がうまく行かなかったり、失業したりしたために、生活に困り、こちらから出かけて行き融資を申し込んでも、どの金融機関もまるで耳を貸さなかった。果てには、しかたなくサラ金に手を出した妻が借金が払えなくて家出したとか、夫が朝晩、借金の取り立てに合い、とうとう自殺したという悲惨な噂を村山老人はよく聞いた。村山老人は親父の李右衛門が「町場の奴は狸や狐と同じだ。いや、狸や狐よりももっと質が悪いから気をつけろ」とよく言っていたのを思い出した。

村山老人は故郷の旧徳山村で今も元気に働けるのが何よりも嬉しかった。徳山衆の年寄りの中には朝から晩までテレビを見てぶらぶら暇をつぶしている者もいる。村にいた時には、老人や子供でも山や川へ行ってやる仕事がいっぱいあったのに、町では何もやることがないからだ。村山老人は近頃ではテレビもめったに見ない。村にいた時から楽しみにしている『水戸黄門』を見るくらいだ。たまたま「¥enむすび」「いらっしゃいまし～」「むじんくん」「お自動さん」のサラ金のテレビ・コマーシャルが流れると、村山老人は急にまるで仇にでも出会ったような険しい顔つきになり、すぐにテレビを切った。あれほど好きだった日本酒も飲まなくなった。婆さんが生きていた時にはうまかった日本酒が、一人で酒を飲んでいても、とんとうまくなくなったのだ。たまに風呂から出て、冷蔵庫から缶ビールを一本取り出して飲むことがある。そんな晩はどうかするとふと夜中に目がさめる。村山老人は敷布団の上にむっくりと起き上がる。「金《かね》」「金《かね》」「金《かね》」が徳山衆の心をすっかり変えてしまったのだと呟く。村山老人は村祭りの日の出来事をまた思い出したのだ。

昭和五十三年、水資源開発公団がダムの補償基準として具体的に金額を提示した直後のことだ。

村の集会所の舞台では、のど自慢大会が開かれ老若男女がカラオケに合わせて歌を歌った。刀を差し三度笠の旅姿に赤ん坊の人形を背負い、踊りながら「赤城の子守唄」を歌う中年の女性もいた。村の盆踊り歌の「新草」を中学の女子生徒が美しい声で歌うと、みんな一斉に立ち上がってその場で踊り出した。歌が終わるたびに、会場からやんやの拍手喝采がおこる。村人は和やかに舞台の演芸を見ながらご馳走を食べたり酒を飲んだりした。小さな子供はキャアキャア言いながら、観客の間をぬって走り回っていた。と、突然に大きな怒鳴り声がおこるや五、六人が立ち上がった。

「おまえらがごたごた文句ばかり言うから、交渉がいつまでもまとまらぬのや」

藤田甚助はすでに酔っているらしく真っ赤な顔で腕をまくった。

「たわけ、ええか、ここは交渉を急いだら、公団に足元を見透かされてしまうぞ」

藤田甚助をなだめようとして根尾文吉が言った。

「いららは正当な補償金を要求しとるのや。ダムの話が出てからもう二十年にもなるのに、いつまでも決着がつかん。これでは蛇の生殺しと同じじゃないか」

「だからこそ我慢やと言うのや。慌てる乞食は貰いが少ないと言うやろ」

「何をほざく。いららは乞食じゃねえ。我慢にも程があるわ。今すぐ立ち退きたいのや。今年の大雪で家の屋根が痛んでまったで雨漏りがするし、このままではまたすぐに大雪がやって来る。けど、今、家を修理してもどうせダムの底に沈むのやから無駄になるやないか。いらは早う交渉を妥結して、町で新しい家を造りたいのや。来年から上の娘も町の高校へやらならんから、金がいるのや」

「そうや、甚助、町へ下りて行くには金がいるのや。それもな、まとまった金がなけりゃ、いららはたちまち首を括らねばならんことになる。それがどうしておめえには分からんのか」

「いらの爺さ、町へ行きとうないと言うてござったが、それをなんとしても説き伏せて、ようやくと渋々ながらも村を離れる覚悟をつけさせたのや。このままぐずぐずしとったら、またいつ何時やっぱり村を去りとうねえと言い出すやも分からん。いつまでも補償金を釣り上げようとゴネてももう上がらんぞ」

側に立っていた山田広太が叫んだ。

「さてはおまえは役員やっとるもんで公団から大金をもらったのやあるまいな。公団の者に交渉を早う妥結させよと頼まれたのやろ」

「なんやて。いらが公団の回し者やと言うのか。もう一ぺん言うてみろ。承知せんぞ」

藤田甚助は傍にあった空の一升瓶をいきなり取って振り上げた。みんなは「あっ」と言った。足元で茶碗や皿が転がった。山田広太はそれに怯まず、甚助に食ってかかった。

「おまえんどこに二日前の晩、公団職員が入っていったのはちゃんと知っとる。泥棒でもあるまいに夜中にこそこそ何の相談をしとった」

笑い声が起こった。

「なんや、おまえら、いらの家を監視しとったのか」

「抜け駆けは許さんぞ。どうせ、いららの仲間を切り崩す悪企みでもしとったのやろ。汚ねえ真似するな」

「汚ねえとはそっちのことやないか、人の家を犬みたいにくんくん嗅ぎ回って」

「それじゃあ、甚助、聞くが、おまえどこはこれまで親子同居やったのに、裏に急にトタン屋根の小屋を造り二所帯にしたのは、補償金二倍もらおうという魂胆か」

「何を言うか。そんなもんどこの家でもやっとることやないか」

「いらはやっとらんぞ」と誰かがそう言った。

「そんな卑劣な手段を使って補償金を釣り上げようなんて、そうは問屋が下ろすかい」

「余計なお世話じゃ。おまえらみたいに交渉を慎重にしていかねばいかんなんて言ってたら、それこそ一銭ももらわずにあの世行きやぞ」

藤田甚助の言葉に続いて、橋本一平がにやにや笑いながら口をはさんだ。

「そうや。源三爺はもらった金で一遍でええから、岐阜の金津園へ行って若い娘の胸を触ってみたいもんじゃ言うとったが、金ももらわずに先月死んじまったじゃねえか」

「うわあ、助平爺々」と誰かが言った。

「金に目が昏んだ助平爺々、神様はよう見てござるからなあ。おまえの源三爺みたいに若い娘の胸をさわりたいか」

どっと笑い声が起こった。

「何だと、この野郎」

山田広太の首に、橋本一平がかじりついた。あわやダム交渉促進派と慎重派の両者が取っ組み合いの喧嘩を始めるかと見えた時に、「これ、喧嘩はよさんかい」と大きな声がした。村の区長を長くしている長老格の前川鶴治郎だ。前川鶴治郎は藤田甚助の持っている一升瓶を引ったくり、穏やかな口調で言った。

「まあまあ、同じ徳山衆じゃねえか。そんなに目くじら立てずとも、お互いにちゃんと座って話さんかい。ぼー（男の子）やあま（女の子）がみんな呆れて見とるやないか。おまえらの騒ぎで、せっかくの村祭りの催しも台無しや。恥ずかしゅうないのか」

にらみ合っていた両者はしかたなく再び席についた。藤田甚助は不貞腐れ、ひっくり返った湯呑みに一升瓶から酒を注ぐと一息にあおった。

「いらはもう徳山衆のことは信じられん。おまえら慎重派は口ではダム建設反対、反対と言ってええ恰好しとるが、腹の中はいららと同じじゃ。本心は金をもらってこの村を出て行くのが嬉しうてたまらんのやろ」

「村の衆が村の衆を信じられんようになったら、村はもうおしまいやぞ」

前川鶴治郎は寂しそうに言った。

「そうや。徳山村はもうとっくに昔の村ではのうなったのや。だからな、いらは山を下りたら、おめえらとは同じ町へは移らんからな。いらはいららで、別の町に家をつくるつもりやからな。なあ、みんな」

「そうや、そうや。慎重派の奴らと一緒に住みたくはねえ」

「そうか。それならいららも願ったりかなったりや。いららだっておめえの行く町には行かへんわ」

根尾文吉はそう言って立ち上がるや、山田広太と一緒に集会所を出て行った。後に残った促進派は「酒だ！ 酒だ！ 酒を買って来い」と大声で怒鳴った。それ以来、多数の促進派と少数の慎重派は村で会っても、互いに顔をそむけて挨拶もしなくなってしまった。

村山老人は徳山村にダム建設の話が来たのが事の始まりだと思った。昭和三十二年、ロックフィルダムとして日本最大規模の徳山ダム構想が打ち出されると、徳山村に先に御母衣《みぼろ》ダムの水没した岐阜県荘川《しょうかわ》村の人々が続々と入り込み、スナックやパチンコ店、挙句のはてには揖斐川の河川敷に床のない映画館まで建てたことがあった。補償金を再び得ようとする仕業であった。結局、にわか仕立てのバラック小屋は雪で潰れ洪水で流されて、荘川村の人々は立ち去ったが、あの時から徳山衆は補償金という「カネ」に心が取り憑かれてしまったのだ。

村山老人は長いダム交渉で村が割れ、以前はみんな仲良く一つにまとまっていた村人同士が、もはやばらばらになり互いに憎しみ合うようになったことが真底恨めしかった。自分たちに先祖が代々住んできた村がダム建設のために水没することが、つまりは山の下に住む町場の人たちの暮らしに役立つことであるという話をもう素直に喜べなかった。

徳山村に中部電力の電気が入ったのは昭和三十八年の八月であった。それこそ、村中がまるで白昼のごとく明るく光り輝いて見えた。その時に村でやっと初めてテレビが見れるようになった。戦前も、戦時中も、戦後も長く徳山村では江戸時代と同じくランプでの生活が続いた。自家発電の家もあるにはあったが、それは少数で多くは村山老人の家のように暗いランプによる明かりの生活を強いられてきた。村会議員が岐阜県や電力会社に何度も送電してくれるように請願を繰り返しても、所帯数の少ない徳山村では莫大な工事費用を使い電燈線は敷設できないと言って拒絶された。自民党の政治家のボスに泣きついたけれども、選挙人の少ない村は相手にもされなかった。徳山衆は自分たちがいつも町場の者に無視されていると思った。村人の心に「泣く子と地頭には勝てぬ」という諦めの気風が根を広げ浸みついた。実際、岐阜県下でも電気の供給が最後まで遅れた徳山村が日本の工業発展に不可欠な電力の需要をまかなうために、真っ先に犠牲にならねばならぬことが村の者にはどうしても納得しかねた。村は文明の恩恵をうけるのはいつもびりであるのに、国のため、町のために犠牲となるのはどこよりも最初にならねばならないという運命の苛酷さを身に沁みて知らされた。

あの時、ダムの補償金を少しでも早く、多くもらうことに血道をあげ、今にも村人同士が互いに殴り合う喧嘩になりそうな勢いであった。しかし、今になって考えてみれば、村は徳山衆だけの村であったのか。村に生きていたのは決して人間だけではなかったことをまったく忘れていたのではないか。森の中に住む動物たち、森の樹木、村を流れる川のせせらぎ、川に住む魚たちのことを考えなかった。だから、補償金という名のカネに踊らされた村人たちは彼らを見捨てたあまりに、自分たちが、彼らから先祖代々生かされて来ていたことを今頃になって切実に思い知らされたのだ。根無し草のごとき失郷民の境遇となり、草も木も石も水も村ではかけがえのない友達であったことを知った。町場の者には村は山林しか金目になるものがないと見えたけれども、実は村人には自然の恵みが至る所に充満していたのだ。なるほど村人は補償金を得た。けれども、そのかわりに故郷を失ってはじめて、自分たちが二度とどこへ行ってももう手に入れることの出来ない最も貴重なものを完全に喪失したのだ。

ダムが村を潰すのではない。潰れそうな村へダムが来たのにすぎないと村山老人は思った。村の衆は口では「ダム建設反対」を口に出していても、ダム建設を千載一遇の機会と待ちこがれていたのではないか。一戸、二戸と村を離れ、ついに廃村の運命となる前に、多額の補償金をもらって村から出て行けるのが本当は何よりも嬉しかったのではないか。

村山老人は江戸時代から続いてきた集落の共有林を「どうせダムになるのだから」とみんなが売り払うことに賛成した時に、最後までひとり反対した。なぜなら、炭焼きの自分にとって、ここしか自分が生きていける場所はなかったからだ。村人は「今時、炭焼きなぞいつまでやるつもりだ」と嫌味を言ったけれども、村山老人は徳山村にいる限り死ぬまで炭焼きをつづけるつもりであった。天気のよい日に山で木を切るのは本当に楽しかった。時々、自分が切り倒した木に小鳥の巣がかかっていることがある。巣の中に卵が入っていることもあるし、巣から飛び出た雛たちを葉の茂みに見つけることもある。親鳥が自分の子供が心配で鳴き騒ぎ、上空をばたばた羽ばたきめまぐるしくあっちこっちと飛び回る。こんな時は本当にすまないと村山老人は思う。村山老人はあわてて卵や雛鳥を巣の中に入れ、近くの木に登り、その鳥の巣を木の枝に掛けてくることで許してもらうのだ。木を倒すと、時には山桃、あけび、椎の木、オニグルミ、栃の実、栗の実、ブナの実が取れることもある。また思いがけずマイタケ、ナメコ、ブナハリダケなどの茸を見つけることもある。山の幸を得られる楽しみは、山で木を切る炭焼きの楽しみである。村山老人はカネでは得られぬ楽しみを奪われるのが何よりも辛かった。

集落の民有林を売るのに、あくまでも反対する村山老人に公団職員が炭焼き小屋へ来て、「お国のため、国策のため」という言葉を使うと、村山老人はいつも頭がかっと熱くなった。

村山老人は若い時に三度出征した。三年ほど前に除隊して村に戻り炭焼きをしていたのに、昭和二十五年五月に村役場の兵事係が明日、第九師団へ出頭するように三度目の招集令状を持って炭焼き小屋へ来た時には、村山老人はさすがにげんなりした。「お国のためにまた御奉公をお願いします。村のためにはまことに名誉なことでございます」と、自分より若い年齢なのに一度も戦場に出かけた経験のない兵事係に言われたのが、無性に憎らしかった。村には若者はみんな戦地へ行き、年寄りと女子供しかいなかった。時々、村へ帰ってくるのは戦死者の遺骨ばかりであった。彼はこれまで二度、ソ連軍と対峙する満蒙国境を守るために送られた。毎日、防寒訓練と対戦車訓練で明け暮れた。三度目も満州かと思っていたら、予想と違って南方へ送られるということで、彼は今度こそ生きて故郷に帰って来れないと思わざるを得なかった。しかし、福岡港で輸送船を待っているうちに終戦となった。

村山老人の弟の弥二郎は陸軍輜重兵として満州ソ連国境から転戦してニューギニアへ送られていた。

ニューギニアにいた日本兵の八割が戦死したけれども、弥二郎は奇跡的に生還できた。しかし、ニューギニアでかかったマラリアの後遺症のため、村に戻って二年しか生きられなかった。戸外では雪がしんしんと降っている真冬でも、弥二郎の体は熱くて手足をぶるぶる震わせた。死ぬ前日、弥二郎は熱にうかされ、口をぱくぱくさせながらも兄の手を必死につかんで訴えた。

「兄ちゃん、おれももう長いこと生きられんから言うのやが、病気が治らんのは罰が当たったからや。折角生きて日本へ帰ってきても、こうして罪を犯したおれに仏様はちゃんと罰を当てさせるのやな。兄ちゃん、今は死ぬ前に兄ちゃんに聞いてほしいことがある。ニューギニアでアメリカ軍とオーストラリア軍と戦い、ジャングルの奥を逃げ回っていた時のことや。おれたちは食い物は食い尽くし、飢えや熱帯病で次々と死んで行った。おれたちは争うように蛙や蜥蜴《トカゲ》、蛇と目にした物は手当たり次第口に入れて食いつないだ。けれども、ついに食い物がなくなった時におれたちは人肉を食いはじめたのや。オーストラリア軍との戦闘の後、おれの軍では誰がするということもなく、戦場で負傷したオーストラリア兵を殺し、その肉をナイフで切り取り、焼いて食べるようになった。人肉を獲得するために敵兵を殺して食べたのや。歩兵団司令部から人肉禁止令が出されても、誰ももう止められなかった。その時、ジャングルの中では人肉を食べねば日本兵は明日にも全滅しそうやったからだ。軍は仕方なく友軍兵の肉を食べた物は処刑するが、敵兵の場合は許されるという命令に変更せざるを得なかった。実際にはもっと前から部隊では日本軍によって労働のためにニューギニアに連れて来られたインドネシア人や原住民を殺して食べていたのや。

戦闘は毎日休むことなく続いた。銃弾はひっきりなしに耳元をかすめた。いつ死んでも不思議ではなかった。おれたち五人は連隊からはぐれ、ジャングルを逃げ回っているうちに、あろうことか、友軍兵の人肉を食べるまでになったのや。一度人肉を食べた者はもう草や木の根を食べても口がまるで受け付けなくなる。本当に人肉ほどうまくて柔らかいものはない。人肉の味をしめた口は、もうまずいものを口に入れてもたちまちペッと口から吐き出してしまう。口が人肉を無性に欲しがる。どうしても食べたくて食べたくてたまらない。最初にみんなの中でまだ両頰に肉がついていた青田一等兵が犠牲になった。夜中、銃を傍らに置き死んだように眠りこけている青田一等兵を確かめると、あらかじめ相談通りに三人がかりで青田の体の上に馬乗りになって手足を押さえつけ、口を押さえ首を絞めて殺した。目を覚ました青田は一体どこにあんな力があるかと思うほど三人を振り落とそうと激しく暴れ回った。

その次に、いつもみんなから何かにつけていじめられていた岩井一等兵が殺された。岩井は青田を殺す仲間に加わらなかったし、青田の人肉を食べるよう勧められても、どうしても口にしなかったからだ。おれは岩井の胸に乗り、死の形相を見たくなかったので目をつぶり首を力いっぱい絞めた。マラリアで弱っていた岩井は、ほとんど抵抗しなかった。そうして、おれたち三人は岩井の肉を食べたのや」

村山老人は顔をしかめ、叱りつけるように言った。

「弥二郎、どうしてそんな話をするのや」

「兄ちゃんに、おれがどんなふうにして戦地から生き返ってきたか知ってほしかったのや。戦友の肉を食べて生き帰って来ている者は誰も本当のことを言わん。けど、仏様はちゃんと見て知ってござるのや。おれが人を殺し人肉を食って生きて帰ったことを。だから、罰があたって病気が治らん。おれが死んだら、兄ちゃんにはおれの罪が少しでも軽くなるように仏様に拝んでほしいのや」

弥二郎は震える手で拝むように両手を合わせ、泣いた。村山老人も思わず弥二郎の手を取り泣いた。弥二郎は死ぬ直前、耳元に大声で名前を呼ばれても意識はなかった。驚いたことに、どうした訳か自分の両手で自分の首を絞めつける真似を繰り返し何度もした。その時、腕の力はもうまったくなかったが、村山老人があわてて首から弥二郎の手を振りほどいても、すぐにまた自分の首を両手で絞めつけようとした。村には医者はいなかったので、弥二郎を夜通しかけて谷中総掛かりで手製の担架に乗せ、馬坂峠を越えて隣村の根尾村の医者の家まで運んだ。しかし、ついに間に合わなかった。昭和二十四年七月七日の朝、享年二十五歳であった。村山老人は弥二郎が息を引き取った時に、自分たちを取り囲む重畳たる山々がどんなに憎らしく、晴らしようのない怒りのために地団駄を踏んだか知れなかった。

村山老人の一人息子の孝作は中学を卒業すると、中学校の世話で東京へ集団就職で出て行った。東京都日立市にある電気会社へ工員として住み込みに入ったのだ。初めのうち孝作は盆休みや正月には村に帰ってきたが、やがて年一回しか帰郷しなくなった。ある年、孝作はお盆に帰って来て、盛んに嘆息をついてばかりいた。会社で好きな娘ができたのだった。孝作は「村にいては嫁ももらえない」と呟いた。村山老人は「結婚したい娘がいるなら、一度今度の正月に村へ連れて来い」と言ったが、どうしたことか孝作は次の正月には帰って来なかった。村山老人は孝作の勤め先の会社へお盆には必ず帰郷するように葉書を出したところ、驚いたことに孝作は会社で労働組合をつくろうとして職場を解雇され、そのまま行方知れずになっていることを知った。あれからすでに四十年近く経つが、ついに孝作は再び故郷に帰って来なかった。孝作は今、どこで何をして生きているのか皆目分からなかった。村山老人は孝作が小さい時から一緒に山でかすみ網で鶯や目白を捕まえたり、「ヘボ」と呼ぶクロスズメ蜂を探し出したり、竿を担いで栗取りに行ったりした。孝作は枝を切り、斧を砥石で研ぎ、木を倒し、小さな体に炭になる木をいっぱい背負ってくれた。名前のとおり孝作は親孝行者だと村で褒められたほどだった。

「村の中学校を出た若者は、都会へ出て行くばかりで帰って来ないが、うちの孝作もやっぱり帰って来なかったなあ」と妻のよしはいつまでも諦めきれず、愚痴を言って泣いた。

村山老人が写真を撮りに村へ通ってくる若者の松本一男にどことなく気が引かれたのは、自分の息子の孝作にどことなく似ているように思えたからだった。松本は写真専門学校を卒業し、今は名古屋市の写真店のアルバイトをしているが、将来はプロカメラマンになりたい希望をもっていた。松本はとっくに消滅したと思っていた徳山村に来て、まだ十人近くの村人がそこに住んでいるのを知った。故郷が忘れられずに移転先から戻って来て小屋を建てたり、取り壊さずにいた自分の家に住んでいる老婆たちであった。彼らは山菜を採り、畑を耕し、沢の水と薪を使い御飯を炊いたり風呂をわかしたりして、雪の降らない間は生活している。松本はこうした村に残っている老人を写真に撮り、いつか写真展を開きたいと言った。

松本は塚奥山遺跡発掘現場へ写真を撮りに来ていて、村山老人と出会ったのである。彼は村山老人が元炭焼きであることを知ると、

「炭焼きをしておられるところを是非写真に撮りたかったですね」と言った。

「今でも肌が黒いのに、炭焼きのすすで真黒になった顔を撮ったら、たどんと間違われるわな」と村山老人がはにかみながら言うと、

「いいや、仁平さんはな、これでも若い時はなかなかの男前やったから、盆踊りの夜には村の娘たちを何人も泣かしたのやよ」と、側にいた同じ作業員の安田かね婆さんが突然口を出した。

「そんなこと言うたら、いらが夜這いばかりしていたと松本さんが本気にするじゃないか」

村山老人はさすがに顔を赤くして笑うと、

「あれ、本当のことやから、いいじゃないの、ハハハハハア」

安田かね婆さんも吹き出して笑った。

村人の多くは炭焼き小屋を持っていたが、燃料として石油やプロパンガスが使われ普及すると、村人も次第に炭焼きをしなくなり、とうとう村山老人が村で最後の炭焼きになってしまった。ついに集団移

転するために、炭焼き窯を壊さねばならなくなった日のことを今でも思い出すと、急に寂しい気持ちになった。村人たちは自分の家を壊した時と同様にパワーショベルで一思いに潰してしまったら気もさっぱりすると言って勧めてくれたが、村山老人はそれを断った。なぜなら、村山老人は長い年月、何千俵もの炭を生み出してくれた炭窯がパワーショベルで一撃で押しつぶされるのを見るのがしのびなかったからだ。夏の真盛り、炭窯をたった一人でスコップで壊した。

炭窯の上には小屋掛けしてあるが、これは徳山村のような豪雪地帯では粘土で造られた炭窯を守るために、大型のトタン屋根を取り付けねばならなかったからだ。村山老人は何度も大雪が降ったがよく潰れなかったものだと目を細めて炭窯を見つめた。炭窯を造った時のことが髣髴として頭に浮かんだ。

窯場の整地の後に、窯底の部分の土掘り、窯の壁、排煙口と煙道を粘土でブロックを使って積み重ねるのも手間暇かかった。けれども、何よりも重労働であったのは炭窯の天井造りであった。まず初めに炭火室に炭材を立積みし、その上に短く切った小枝を山盛りにし、さらにその上を天井の勾配ができるように蓆で覆う。そうして最上部に湿った粘土を周囲から次第に頂部に積み重ねて叩き締める。粘土は初めは木槌で突き固め、その上を棒や手ヘラや手槌で念入りに叩き締める。この時、同時に煙道口を塞いだまま、窯口で焚火をして乾燥を図る。天井の乾燥が進むに従って割れ目が目立ってくるので、手ヘラでならして打ち固める。この時は家の棟上げと同じで、雨が降ったら困るので短時間で完成するように村の仲間が協力して手伝ってくれる。やっと炭窯の天井が出来上がると、白山神社の神様を祭り、お餅や御馳走を供える。その晩は窯上げのお祝いのために、仲間と飲み交わした酒の味は本当にうまかった。嬉しくて嬉しくて一晩眠れなかった。何度も夜中に起き出して月明かりに炭窯をためつすがめつ眺めた。

初窯はすでに炭材を立て込んであるので、炭を焼きながら窯を乾燥し、窯を仕上げる。炭窯の天井の表面が乾くまで三日間乾燥焚きを行う。この間に天井の表面に割れ目ができるので、手へラでこれを叩き埋める。縦ひびは天井が落ちる心配はないが、横ひびが出来ると天井が突然に落ちる恐れがあるので、煙道口を塞いで燃やす。煙道口は少しずつ開けて半開きとし、燃料を途切れることなく加える。炭焼きの煙が水煙、きわだ煙、木きわだ煙、白煙、青白煙、青煙、あさぎ煙、煙切れと変化して、やっと炭は仕上がる。炭窯は徐々に冷えるので、窯止めから出炭まで四日はかかる。窯出しは冬は良いが、夏はとても暑くて体じゅうから汗が噴き出す。炭焼きにとって、いつも炭の出来具合が心配でどきどきする瞬間だ。井戸から汲んだ薬缶の水を何度も繰り返し飲んで窯出しを続ける。

村山老人は大雪が降れば、まず何よりも最初に炭焼き小屋の屋根に積もった雪を懸命になってかき落とした。それほど大切に思ってきた炭窯をスコップと槌で壊すのがたまらなく辛かった。けれども、ブロックと粘土を分ける作業を夏の厳しい日射しを浴びながら、汗だらけになり黙々と一日がかりでした。日暮れ時、顔から足まで炭窯のすすだらけになった村山老人は、揖斐川の岸辺へ行き丸裸になり体を洗った。頭から水をざぶざぶかぶり、石鹸を体じゅうに塗りたくった。冷たい川の水が快かった。しかし、どんなに洗っても両手の染みついた炭の黒さは取れなかった。

村山老人は松本に言われたように、自分の炭焼き小屋の前で写っている写真が一枚でもあればよかったなあと今になって思わぬ訳でもない。しかし、もはや炭焼きをしなくなった今では、そんな写真を見るとかえって寂しい思いがいっそう募るかもしれなと思ったりした。村山老人は今も初窯で焼いた炭三本を移転先の自宅に新聞紙に包んで持っている。また五十年以上も徳山の森の木を切り倒して来た愛用の斧も持っている。それだけが自分がかつて炭焼きであった証でもあり、せめてもの慰めでもあった。

「どんな木が良い炭になるのですか」と松本は眼鏡をかけた人懐っこい目で尋ねた。

「団栗《どんぐり》のなる木は、みんなよい炭になるな」

村山老人は炭の話になると、我知らず多弁になる。

「櫟《くぬぎ》、樫《かし》、楢《なら》の木だね。中でも特に櫟、いわゆる団栗の木が一番よい炭になるな。茶の湯に使われて炭が櫟だよ。その次に楓《かえで》、秦皮《とねりこ》、ヤチダモ、マラバシイ、椿、茶山花《さざんか》かな。橅《ぶな》、白樺、椎の木は軟らかい炭になる。漆や櫨《はぜ》はぱちぱちはねる炭になるね。栗は立ち消えする炭だが、使い方によっては役に立つので、村の鍛冶屋さんが喜んで買ってくれたもんだ」

「では、木の種類はみんな見分けられるのですか」

「そりゃ、炭になる木はどんな木でもなるが、人間と同じでみんな木の種類によって炭の性質も違ってくるからな。それを見分けられなくては、いっぱしの炭焼きとは言えん。例えば、固くて火持ちのよい炭になる楢の木もあれば、軟らかくて立ち消えする栗の木もある。材質が硬いもの、櫟、樫などは硬い炭になり、材質が軟らかい松、杉、檜、赤松、樅、唐松などは軟らかい炭になる。ところが、栗や橅など硬い木でも軟らかい炭になるものがあり、木の成分がみな違うんだ」

村山老人は今でも山へ入っていけば、木の種類により木の姿も、葉の形も、臭いも違うから木の種類はちゃんと識別できると思った。

「村山さん、すみませんが一枚写真を撮らせて下さい」

松本が笑いながらカメラを向けたので、村山老人は軽くうなずいた。

村の最北端に位置する塚奥山遺跡は、美濃から越前へ抜ける国道一〇五号線沿いにある。国道といっても谷間沿いの険しい山道である。戦時中、食糧増産のため、徳山村のあちらの山、こちらの谷とどんな急斜面でも天を焦がすばかりに草木に火を付け、至る所を焼き畑にした。そこに一年目はソバを植え、二年目には稗や粟を植え、三年目には小豆を植えた。その後は数年放置して、草原にし再び火入れをして焼き畑を作り、輪作を繰り返してきた。遺跡は丘の上にあるので日当たりがよく、周囲には植林した杉林が見事に伸びている。鬼やんまが群れをなしすいすいと飛んでいる。村山老人は町のアスファルト道路よりも村の柔らかな土の上を歩くと、とても心がしっくりする。発掘現場で暖かい土の臭いを嗅ぎながら土に手を触れていると、不思議に自然と元気が出てくるのだ。

村山老人が穴を掘った土を一輪車で運んでいると、文化財保護センターの高橋調査課長がやって来た。彼は作業員の中で一番年長の村山老人を見つけると、早速近寄って来た。

「きつくないですか。あまり無理をしないで下さいよ」

「若い頃は一俵十五キロの炭俵を三俵担いでいたのですから、これくらいはたいしたことありません。子供の頃によく遠足に来ていたこの土地の土を掘るまでは死ねませんよ」

「旧徳山村の人はみな元気ですね」

「炭焼きはみんな長生きなのです」

村山老人は子供の時から徳山の山野を歩き回っていたから、縄文遺跡がどこにあるか誰よりもよく知っていた。村山老人はいつだったか、高橋調査課長から自分たちの村のはるか昔の先祖たちが、今から二万年前にこの一帯に狩猟採集生活をしていたことを教えられて、非常に驚いた。

高橋課長は言った。

「彼ら縄文人は毎日徳山の山々を歩き回り、熊、猪などの獣、イワナ、アマゴなどの魚、栗、くるみなどの木の実や草の根などを採集して生活していたのです。住居は皿状の浅い穴を掘り、丸太を円錐形に組み、茅で屋根を葺いた掘立小屋でした。生活の道具は自分で作った石の道具で、木の実を潰す石皿、叩き石、狩猟用の石鏃《せきぞく》、皮剥ぎ用の石匙《いしさじ》、狩猟用の石錘《せきすい》が使われた。また骨で作った釣針、網、器は粘土をこね、形を作って火の中で焼いた瓶《かめ》や壺を用い、食物を貯蔵したのです」

村山老人は高橋課長からこの塚奥山遺跡から土器や石器ばかりでなく、炭も以前に出土したこともあると聞かされて、二万年も前に炭焼きをしている自分の姿を想像すると、なんだか愉快な感じがした。

そうして、二万年前の縄文人の生活と、それこそ最近まで徳山衆がわずかな暇にワラビやフキといった山菜を取りに行き、アマゴ、イワナという川魚を獲って生きてきた生活とが、それほど大きくかけ離れていないように思えた。むしろ縄文時代の生活とこれまでの自分たちの生活が一本の鎖のごとくつながっているような奇妙な懐かしさを感じた。山、森、川という豊かな自然環境があったからこそ、縄文時代から今日までわれわれは生きてこれたのであった。

正午になった。鋏で木の根を切り、ヘラやスコップで土を掘る作業を中断して、昼食を取る。遺跡のすぐ手前の道の下は河原になり、谷川が流れている。水量は少ないが川底まで見えるほど清く澄んでいる。村山老人もみんなと一緒に谷川へ降りて行く。みんな麦藁帽子や日除けの帽子を取り、汚れた手や顔を水で洗う。村山老人は冷たい水で口をすすぎ、両手で水を掬って飲む。喉を沁みとおる水は町の水道水と違い、さすがにうまいとしみじみ思う。川の向こう岸の山から鶯の声が聞こえてきた。夏の日射しがきついので、みんなテントの下へ集まる。それぞれ五、六人が車座になり、自宅で作ってきた弁当やお茶を取り出す。昼食時は、いつもまるで小学校の時の遠足に来ているような楽しい気分になる。

テントの横で焚き火で焼いたじゃが芋を菊代婆さんがさし出した。わさびと醬油の入った皿も用意している。

「ひとつ、どうかね」

春に菊代婆さんがこの発掘現場近くの畑跡に植えていたじゃが芋だ。

「あれ、こんな大きな芋が穫れたのかい。うれしゅやな」

笑い声がおこった。

「うちの孫の嫁はジャガ芋はバターをつけて食べるとうまいと言ってるよ」

「そうかな」

「いらはバターなぞつけてよう食べんわな」

「いらだって」

みんな一斉に笑った。

「これはな、徳山産のわさびをつけて、醤油で食べるのが、徳山の昔からの食べ方やよ」

「なんたって、ふるさとの味は山じゃが芋のわさび醤油づけにかぎるな」

「いらら田舎者はバターは口に合わんて。ハハハハハア」

「そうやな。ワッハッハ」

笑い声がおこった。

「うまいな。もう一つもらおうかな」

「いらも、もう一つ、ええかの」

「ああ、どんどん焼くから食べてくりょ」

「そうや。山の御馳走をみんなでこうして分け合って食べるからうまいのやよ」

「村にいた頃はあんころ餅、そばの初物、粟餅、それから栃餅となんでも御馳走を作れば、わずかでも隣近所に分け合って食べるのが当たり前やったものね」

「ほんとやな」

笑い声がまたおこった。

村山老人は町ではめったに笑うこともないが、ここへ来るといつも笑いがあり語らいがあるのが、嬉しくてたまらない。同郷の村人と一緒に弁当を食べながら話したり、笑ったりしていると、自分たちは徳山村に今も住んでいるようなおおらかな気持ちになる。たとえ家は町に移転しても、体も魂もいつもこの徳山村にあるように思えるのだ。

村山老人はどういう訳か、今朝も夢を見た。夢を見ると、きまって徳山村の風景が出てくる。それも白雪が降っている村が出てくる。雪が降りつづく山々。河原に静かに降りつづく雪。田畑に降りつづく雪。藁屋根に降りつづく雪。杉林に降りつづく雪。炭焼き小屋に降りつづく雪。戦没者の墓に降りつづく雪。短い夏が終わり、秋風が吹くと、すぐに初霜が降り、みぞれが降り出す。そうすると、この塚奥山遺跡の発掘作業は来年の春四月まで中断される。能郷白山に初雪が降り、この発掘現場の上にも雪が舞いはじめ積もり、すべてを完全に覆いつくす。長い、長い冬。昼も夜も吹雪が山野を吹きすさぶ冬。しんしんと雪は降りつづく。草も土も木も石も、天地全体が真白になり、誰一人訪れることのない静寂が訪れる。ある朝、一時雪が降りやんで、まぶしいほど澄明な青空が広がる。見ると、空をクマタカが一羽輪を描いてゆっくりと旋回している。村山老人はいつかずっと前に、そんな夢で見た光景を確かに実際この目で見たと思った。

昼休みが終わり、昼の作業が始まった。

夜叉ヶ池物語

（一幕一場）

〈キャスト〉（登場人物）

安八長者（安八太夫）

長者の妻

長者の娘　　朝姫

　　　　　　昼姫

　　　　　　夜姫

安八の柿太郎

安八の与作

安八の貫太

大野長者

大野の黒彦

大野の甚八

安倍の虫麻呂（本巣郡の県主《あがたぬし》）

従者じい

雨森巳之助（蛇の化身）

百姓A、B、C、D

坊さん

〈演技指導者等・裏方（スタッフ）〉

演出

効果

大道具

小道具

衣装

メイク

背景

第一場

舞台は安八長者の家である。

右手半分が部屋で、左の半分が土間。

部屋は一段高くて、真中にいろりを作る。

時——　むかしむかし平安初期
所——　安八郡《あんぱちごうり》神戸《ごうど》村《むら》安次《やすつぎ》あたり

—「日本昔話」の主題歌—

〈ナレーター〉これから始まるこの劇は、むかしむかし美濃国の安八の郡《ごうり》安次の里であった話じゃ。ある夏のこと毎日毎日かんかん照りがつづいて、雨が降らず、ついに揖斐川を中にはさんだ、安八村と大野村とが、水争いを始めたのじゃ。

〈幕の両袖で大声の叫び声——「喧嘩だ！」「喧嘩だ！」「安八村と大野村の大喧嘩じゃ！」「鎌で腕を切られたぞ！」「これはえらいことや！」

（大野村と安八村の若者が鎌を振り回し、鍬を振り上げて、上手より登場。）

大野黒彦　おめぇたち、安八村の野郎が夜中に川を堰とめて、自分たちの村へ水を流し込んだちゅうはなんちゅう料簡じゃ。盗人根性猛々しい。

安八柿太郎　何を言いやがる。おめぇたちの方がこっちの岸を堰とめて自分たちの田んぼの水を流し込んだんじゃねぇか。盗人はそっちじゃ。

大野甚八　馬鹿たらしい。水泥棒はおめぇの方じゃ。水がのうてはわっちらは死なねばならんのや。

安八与作　水はわっちんたの血の一滴じゃ。わっちら飲み水を減らして田んぼに水をやってるのや。おめぇたちに水を盗まれてたまるか。

大野甚八　何を！　安八野郎に負けてたまるか。みんなやってまえ。

安八貫太　何だと。やるなら、やったるぞ。

（さかんにとっくみあいの喧嘩となる。上手から大野の長者、下手から安八の長者が登場。）

安八長者　これは何事や。隣り村同士が、いさかいをはじめて。

大野長者　お、安八の長者どん。おめえんどこの村の奴が水を盗んだのが、いさかいの始まりや。

安八長者　何だって？　うちの村の衆が揖斐川の水を盗んだって？　そりゃ本当のことかい？

大野長者　そうや。水泥棒は腕を鎌で切り落とされても文句はねぇぞ。

安八長者　皆の衆が水が盗まれねぇように、昼も夜も番水をしとるのに、どうして泥棒ができるのじゃ。

大野長者　さてその番水じゃが、揖斐川の水を大野の村が六分、おめぇたちの村が四分と分けるのが、これまでの双方の決まり。

安八長者　そうや。揖斐川の水を堰止めて、わっちらの村が一日一晩、おめぇとこの村は一日二晩交代で水を流すのが掟、そして交代の合図が法螺貝の音。
大野長者　ところが、おめぇどこの村の奴がまだ交代の時が来ねぇのに大法螺貝を吹きやがって。わっちらの村への水を堰とめたのや。
安八柿太郎　長者どん。こっちの水番人が日が上がったその時に、法螺貝吹いてどこが悪いのかの。おめんどこの村の水口を堰とめてなぜ悪い。
大野黒彦　どだわけ。まんだ夜が明けきらんうちから大法螺貝吹きやがって。この法螺吹き。
安八貫太　何が法螺吹きじゃ。ちゃんと夜が明けとったがの。わっちら、これっぽっちも法螺なぞ吹いたことないぞ。これはまことの話じゃ。
大野甚八　何をでたらめ言いやがる。この川うそめ。
安八与作　何が川うそじゃ。川うそはおめぇらの方じゃ。
大野長者　わっちらが川うそやて。何を言いやがる。このおたんこ茄子《なすび》。
安八長者　おたんこなすびじゃと。このおたんこきゅうり。
大野長者　何ぬかす。もっさらこいのくそじじい。
安八長者　もっさらこいのくそじじいじゃて。それはわっちらのことか。
大野の者　皆そうじゃ。そうじゃ。
大野黒彦　もっさらこいのかんからじじい。

安八長者　このやろう。許せねえだぞ。もういっぺんゆうてみろ。ぶちのめすだぞ。
（双方再び乱闘の雰囲気。そこへ上手より本巣の県主《あがたぬし》、安部虫麻呂が従者とともに登場。）
従者じい　これこれ村の衆何事じゃ。殿のお通りじゃぞ。
安八長者　あ、これは、お殿様。
大野長者　まあ、まあ、こげなもっさらこい所へお上がわざわざおいで下さりまして、恐れ入ります。
大野黒彦　はて、このあたりじゃ、あんまり見かけん人じゃの。
従者じい　これこれ、下衆の分際で何を言うか。気をつけてもの申せ。この方はやんごとないお方じゃぞ。
安部虫麻呂　じい。よいよい。麻呂か、麻呂は安部虫麻呂という者じゃ。
安八柿太郎　へぇ。油虫麻呂。はっははは、面白い名前じゃの。
安部虫麻呂　何。麻呂が油虫だと。じい、言ってやって、言ってやって。
従者じい　こらこら、この方は本巣の県主の安部虫麻呂様じゃ。油虫麻呂じゃありゃせんぞ。
大野長者　こいつら、田舎じゃで、何にも知らん馬鹿者ですから、どうかご勘弁を願います。
安部虫麻呂　かまわぬ、かまわぬ。下衆の言うことは、麻呂はちっとも気にはせぬぞ。麻呂は久しぶりに村の様子を見回りに参ったのじゃが、大野の長者に、安八の長者、いったいどうしたのじゃ。言うてみい。
大野長者　はい。日照りで揖斐川の水が少なくなったため、川をはさんだ両岸の村同士が、水の配分からいさかいとなりましたので。
安部虫麻呂　うんうん。ひどい水不足じゃの。けど、ええか。おまえたち。どんなに日照りとなっても
お上の年貢は、たとえ米つぶひとつでもまけることはできぬぞ。
安八柿太郎　それは、あんまり殺生な。こげな日照りでは米どころか粟やきびも出来ませんに。年貢を
まけてもらえんかの。なあ、みんな。
みんな　そうじゃ。そうじゃ。
従者じい　ばかたらしい。下衆の分際で、お上に年貢をまけろじゃて。何を言いよるか。ど百姓のくせ
に。
安部虫麻呂　これこれ。じい。怒るでない。百姓は国の宝じゃぞ。そうか、お前たちも困っているのは
麻呂もよう知っておるぞ。お上もご存知じゃぞ。ところで、水争いの際には、昔から解決す
る方法があったの。
安八長者　へえ、それはありますだ。ありますだが。
大野長者　面白い。それじゃ、そのしきたりによって勝ち負けを決しますか。
安八長者　それは、むごたらしいしきたりじゃによって、わっちは気がすすみませんて。
安部虫麻呂　いいからやれ。それによって喧嘩の仲直りが出来るのじゃ。麻呂が大野村と安八村の水争
いの勝負を見極めてやるから、さあやるがよいぞ。
従者じい　さあ、大殿がそうおっしゃっているのじゃ、始めろ。わしは、じっくり見物させてもらうで

な。
大野長者　みなの衆、聞いてくれ。みんなもよう知っておろう。むかしから、水争いの水引の配分は、双方の村のものが一人ずつ代表を出し、真っ赤に焼けた火ばしを相手よりも長いこと握っていた者の村が六分、そして火ばしから早く手を放した方の村が四分と決まっておるのじゃ。
安八長者　ああ、大野長者どん。わっちはそげな勝負は気に進まぬによって、やりはせんぞ。
大野長者　はっははは。臆病づいたか。安八の長者どん。おめえどこの村の者は勇気のねえ意気地なしばっかりか。
安八柿太郎　何やと。安八の村の者は勇気のねえ意気地なしばっかりやと。
大野黒彦　そうじゃ。おまえらは四分の水を分けてもらえるだけでも、ありがたいと思え。この弱虫の安八野郎。
大野者全員　そうだ。そうだ。弱虫ばかりだ。
安八貫太　何をいいやがる。安八村の百姓はおめえたちなんかにまけるか。
安八与作　わっちらをなめるな。
大野甚八　そんな汚ねえ顔はなめやせんわ。
大野長者　そんなら水争いの結着をつけるために真っ赤な焼け火ばしを握ってみるか。
安部虫麻呂　さあ、ぐずぐずするな。やれ、やれ。
安八長者　わっちはそげなこと気がすすみませんて。

安八柿太郎　しかし、ここで引き下がっちゃ、村の者に会わせる顔がない。ここで勝てば、こっちが六分、あっちが四分の水を引くことができるのや。
大野長者　でも、負けでもしたら。
安八長者　もし、そっちが負けたときには、おめえたちの村には水は今後いっさいひかせねえ。それこそ茶碗一杯の水も使わせねえぞ。
大野黒彦　揖斐川の水はすべてわっちら大野の、村のものになるのじゃ。
安八柿太郎　そらまたなんやて。
大野長者　ええか。今わっちらの水の権利は六分で、おめえらが四分。ここでわっちらが勝ったら元の六分やったら、何のために焼け火ばしをつかんで得になる。わっちらが勝ったらおめえらの四分の水の権利はわっちらによこすこった。
安八長者　それはあんまりひどすぎる。
大野黒彦　何がひどい。おめえたちが勝ったら、四分から六分と水の権利が、増えるのじゃぞ。こげなええ話はねえがの。
安八長者　でも、もし負けたら…。
大野黒彦　負けたらいっさい水はなしや。
安八与作　水がいっさいもらえねば、わっちらは飢え死にせねばならん。
大野長者　そんなこったあ、わっちらは知らんはなも。

大野甚八　そうだ。そうだ。そんなこたあ、知るもんけ。
安八柿太郎　長者どん。わっちはやるぞ。わっちはこの手が焼け火ばしで五本の指が、焼きつきてしまってもええ。村に水を少しでも多く引きことができたら、わっちらは助かるのや。
安部虫麻呂　それはいい根性。安八村にも勇気のある百姓がおるものじゃな。じい、早速焼け火ばしの用意をせい。
従者じい　分かりました。では急いで用意してまいります。
（下手へ去る。）
安八長者　あっ、待ってくだせい。わっちはまだやるとは…
大野長者　何をぐずぐず言うとる。柿太郎があぁいうとるでねえけ。虫麻呂さま、ようく勝負を見極めてくだせい。
安部虫麻呂　うむ、あいわかった。これはなかなか愉快な見世物じゃ。うなぎをつかむと思えば、おめぇたち百姓にはお手のもの、存分に握れよ。
大野長者　さあて、向こうは柿太郎がやるちゅうが、わっちの村の代表は誰がやってくれる？
大野黒彦　柿太郎、おめぇ本当にやる気だか。
安八柿太郎　わっちはやるぞ。安八村のために、わっちはやるぞ。
大野黒彦　あれ、本気じゃぞ。甚八、おめぇ握れ。

大野甚八　あほな。わっちは熱いものは大のにがてや。水なら長いこたあ抱いてもおれるんやがな。文助、おめぇこそやれ。
大野黒彦　わっちゃて、はっははは。ひどい冗談を言うなって。わっちははしなんか生まれてこの方もったこたあねぇ。
大野甚八　めし食う時におめぇは、はし使わねぇのか。
大野黒彦　わっちは手づかみじゃ。
大野長者　ええい。何をぐずぐず言うとる。大野村のために、大野の黒彦おめぇやれ。そのかわりおめぇには、絹の布十匹やるで。
大野黒彦　絹十匹やて、長者どん。火ばしを握ったら、わっちの手は片端になるんやで。絹十匹では、この手があんまりかわいそうや。
大野長者　そんじゃ、他に何がほしいのや。
大野黒彦　長者どん、へっへへへ、長者どんの畑十反をわっちにくれんかの。
大野長者　何やて。おまえみたいな小作人に家の畑を。
大野黒彦　それでのうてはわっちはいやじゃ。
大野長者　よし、分かった。もしおめぇが勝ったら、畑十反をやる。けどまけた時は絹十匹だけじゃぞ。
大野黒彦　まあ、しかたねぇな。それじゃ柿太郎、勝負といくか。
安八長者　柿太郎、おめぇは何がほしい。米か絹か。それとも畑か田んぼか。

安八柿太郎　わっちは、安八村に水がよけいにくりゃそれでええ。
安八長者　そりゃそうじゃが、他に何かほしいものはねぇか。
安八与作　ある、ある。柿太郎、おめぇほしいというとったじゃねぇけ。
安八貫太　そうじゃ、そうじゃ。いつも夢にまで見とるものがあるぞ。
安八長者　そりゃ何じゃ。柿太郎いうてみい。わっちらでかなうならやるに。さあ言え。
安八柿太郎　わっちは、水さ引けりゃええて。
安八長者　柿太郎、遠慮せんと言うてみい。
安八貫太　さあ、長者どんが、ああ言うてござるに言えって。
安八与作　そうじゃ。言え、言え。じれってえなあ。
安八柿太郎　そうかの。言うてもええのかの長者どん。へっへへへ。
安八長者　柿太郎、言わねばちっとも分からんが。
安八柿太郎　へっへへへ。そかて、わっちゃ恥ずかしいが。
安八長者　何がそうかてじゃ。はよ言わんか。
安八柿太郎　そうか。言うてええか。へっへへへ、やっぱしわっちゃ恥ずかしいが。
安八長者　あ、じれてえなあ。柿太郎わっちは怒るぞ。
安八貫太　長者どん。長者どんどこには三人の姫さまがおられますな。
安八長者　うん。おるが…。

安八与作　一番上の姫が朝姫さま。
安八長者　あの子は朝生まれたんや。
安八貫太　二番目の姫は昼姫さま。
安八長者　そうじゃ、あの子は昼生まれたんや。
安八与作　それから、三番目の姫は夜姫さま。
安八長者　あの子は夜に生まれたのじゃ。
安八柿太郎　長者どん、その夜姫をわっちの嫁に、もらえんかの。
安八長者　な、なんやて。柿太郎、夜姫がほしいのやて。
大野長者　どだわけ、小作人の分際で長者どんの、姫がほしいのやて。みんな笑うてやれ。
大野のもの　はははは。
安八柿太郎　そうか。小作人のわっちの嫁に長者どんの夜姫がほしいちゅうのは、そげにおかしいかの。
安八与作　長者どん。柿太郎の頼みをどうか、聞いてもらえんかの、わっちらもお願いするで。
安八貫太　柿太郎は、村一番の働きものじゃぞ。何とかならんかの。夜姫さまも柿太郎のことを、好いとるぞ。
安八長者　うちの夜姫も柿太郎が好きじゃて、そうか。それなら、柿太郎、おめぇが勝ったら、わっちの夜姫をおめぇの嫁にやってもええわ。
安八柿太郎　はははは、そうか、夜姫がわっちの嫁になってもええのか。はははは。

（飛び回って喜ぶ。）

安八貫太　柿太郎、まんだ喧嘩の勝負はついとらんぞ。

安八柿太郎　ははははは。そうか、そうか。

（従者じい大きな真っ赤な焼け火ばしをかんぬきに挟んで持ってくる。）

従者じい　うわあ、熱い、熱い。汗が出るわ。

大野長者　ややっ、これは真っ赤じゃ。

安八与作　いや、おっそろしいな。

大野甚八　目がくらむぞ。

安八貫太　これを手でつかむのけ。

大野黒彦　手が火ばしに、くっついたらはがれねえかもしれねぇぞ。

安八長者　柿太郎、大丈夫か。

安八柿太郎　この喧嘩に勝てば、喧嘩が田んぼに水を引いてくれるんや。神さま仏さまよりも、この喧嘩がわっちらを救ってくれるのや。水こそが地獄から、わっちらを救うてくれるんや。

大野長者　黒彦、ええか。柿太郎なんかに負けるなよ。しっかり握るんやぞ。

大野黒彦　大野村が安八野郎に負けてたまるか。これに勝てば、揖斐川の水は全部わっちのものになるばかりか、絹十匹と畑十反がわっちにものになるのやからな。
大野甚八　黒彦、頼むぞ。死んでも焼け火ばしから手を放すな。
大野黒彦　柿太郎なぞ、火ばしにさわっただけで、気を失ってしまうに決まってる。黒彦、おめえの勝ちは決まってるぞ。
安八与作　何を言いやがる。火ばしが熱くて小便もらすのは黒彦の方や。柿太郎、安八村のために命をかけてくれ。
安部虫麻呂　ええか、よく聞けよ。安八村の柿太郎に大野の黒彦、この火ばしを少しでも長く握っていた方が勝ちじゃ。女の手だと思えば、気落ちよく握れるぞ。はははははは、じいさあ、はじめよ。
従者じい　ええか、さあ、めいめい右手を出せ。
安部虫麻呂　麻呂の「握れ」の掛け声で、同時に火ばしを握るのじゃぞ。もし、ためらって握らなかったら、その者は負けじゃ。いいか。言うぞ。
安八柿太郎　よし、分かった。
大野黒彦　わっちも分かったぞ。
安部虫麻呂　さあ、いくぞ。握れ！
（柿太郎と黒彦は同時に握る。）

大野黒彦　うわぁ！（激しいうめき声）
安八柿太郎　あ！（叫び声）
大野黒彦　あっ、黒彦が握ったぞ。
安八与作　柿太郎が握った。
大野甚八　手の焼けるにおいがするぞ。
安八貫太　見てるだけで吐き気がする。
大野黒彦　あれ、まだ手を放さねぇぞ。
安八与作　あっ、このままじゃ二人は死ぬぞ！
大野黒彦　あっ、黒彦。

（黒彦が倒れて失神する。）

安八貫太　あれ、黒彦が手を放したぞ。
安八与作　うわっ、柿太郎の勝ちじゃ。
安八長者　安八村の勝ちじゃ。柿太郎、お前の勝ちじゃぞ。
安八与作　柿太郎、もう手を放してもええぞ。

（柿太郎は倒れて失神する。）

安部虫麻呂　この勝負、安八村の勝ちじゃ。今日より揖斐川の水の権利は安八村が六分、大野村が四分じゃ。いいな。
大野長者　へい。
安八長者　へい。
大野長者　黒彦の奴、口ほどにもない奴。柿太郎なんぞにまけやがって。水は一分も減ったばかりか、絹十匹も大損じゃ。さあ、連れていけ。
（安八の長者は自分の家へ駆け込んで叫ぶ。）
安八長者　おい、誰かおらぬか。水じゃ、水をもってこい。
（部屋の内から夜姫が水を茶碗に入れて持ってくる。）
安八長者　夜姫、柿太郎に水を飲ませてやってくれ。
夜姫　まあ、どうなさったのですか。手がひどいやけど。
安八与作　とにかく水を、水を。
（夜姫が安八の柿太郎に水を飲ませる。）
安八柿太郎　（気が付いて）あっ、夜姫。

夜姫　柿太郎さん、しっかりしてください。
安八長者　ああ、気がついたか。柿太郎、お前の勝ちじゃ。ようやった。そうや、やけどをなおすには円心の坊さまが医術の心得がある。急いで連れてゆけ。
（安八の与作と貫太が柿太郎を連れ去る。夜姫は心配そうに見送っているが、家の内へ去る。）
安部虫麻呂　うん。なかなかの、よい娘じゃ。長者、あの娘を麻呂の屋敷に連れてまいれ。
安八長者　それは、何のことで。
従者じい　よろこべ。お前の娘は大殿のお側に、仕えさせてもらえるということじゃ。
安八長者　なんですって。殿にはちゃんと后がおられるではありませんか。
従者じい　何を言っておるのか。大殿に愛されれば、長者の家の繁栄はまちがいなしじゃ。
安八長者　しかし、あの娘は柿太郎の嫁に。
安部虫麻呂　馬鹿者。お前の娘を柿太郎のような、下衆にやることは及ばん。麻呂が可愛がれば、お前の娘の出世だし、お前の誉れとなるのだ。
安八長者　しかし、柿太郎は夜姫を嫁にするということで、生命をかけたので。
安部虫麻呂　ええい、うるさい。麻呂の命令が聞けぬなら、明日みずから夜姫をもらいに来るによって、覚悟しておれ。よいな。
安八長者　しかし、それは。

従者じい　お上に手向かえば、長者、お前の命はないぞ。
阿部虫麻呂　じい、まいるぞ。
従者じい　ははっ、長者よく頭を冷やして、聞き分けるこっちゃ。
安部虫麻呂　百姓たちが、村同士、ああして喧嘩しておれば、歯向かってこぬから、安泰というものじゃ。どんどん村同士で喧嘩をやらせるこっちゃ。
従者じい　まことに左様で
（虫麻呂と従者じい下手へ去る。）
安八長者　（ひとりごと）水争いは柿太郎のおかげで勝つことができたが、夜姫は、柿太郎の嫁に約束したのに安部の虫麻呂様は、夜姫を屋敷によこせとは。弱ったことになったものじゃ。それにしてもこれだけ雨が降らんようじゃ、水が涸れきった揖斐川の水を二分ぐらい余分にもろうても、焼け石に水じゃ。なんとか雨が降らんかの。
（そこへ大蛇が下手から登場。）
安八長者　（ひとりごと）ああ、おめぇも雨が恋しゅうてきたか。昔から竜は天に登り、雲を呼び、雨を降らすことができると聞いている。おまえもその仲間なら百姓たちの気持ちを察して雨をふらしてくれんかの。もし、それをかなえてくれたら、おまえの望みは何なりと聞いてやるがの。しかし、おめぇにわっちの願いをかなえてくれというのは、どだい無理な話じゃの。

（大蛇は体をくねらして立ち去る。安八長者は家の中へ入る。）

安八長者　さて、どっこいしょと。今帰ったぞ。（三人の娘が家の中より登場。）

朝姫　おとうさま、お帰りなさいませ。

安八長者　朝姫か。今日はすっかり疲れてしもうたぞ。

昼姫　では、早速、晩の御飯の用意をいたしますので。

安八長者　いや、いや、昼姫、わっちはめしは食べたくはない。

長者の妻　あなた、どこか気分でも悪うございますか。

安八長者　いや、今日はとっても疲れたので、すぐに寝るとしよう。

夜姫　お父さま、柿太郎さんは大丈夫でしょうか。手は元通りになおると、よろしゅうございますのにね。

安八長者　ほんに柿太郎は、村のために命をかけてくれた。その礼に報いねばなあ。夜姫、おまえに話があるのじゃが…。

夜姫　はい、お父さま。何でございましょう。

（妻、朝姫、昼姫は、二人を見ている。）

安八長者　いや、いや、今日は。わしはもう寝るので、また明日の朝に話をすることにしよう。
妻　では、あなたさま。お休みなさいませ。
朝姫　お休みなさいませ。
昼姫　お休みなさいませ。
夜姫　お休みなさいませ。

（妻以下四人は去る。安八長者は寝ころがる。あたりは、たちまち真暗になる。）
（大蛇が、再び登場。）

大蛇　長者どん、あなたはさきほど、わたくしが雨を降らせたら、何でもやると言われましたが、決してまちがいはございませぬか。
安八長者　たしかに、わっちは言うた。どんな願いでも聞いてやるぞ。
大蛇　ついては、あなたの娘のうち、一人をいただきたい。
安八長者　よし、雨をふらせてくれたら、娘をやるぞ。
大蛇　それでは、必ず明日いただきに参ります。
（大蛇はたちまち消える。長者は目を覚まして飛び起きる。）
安八長者　あれ？　夢か。今日はおかしなことがあるもんじゃ。

（と、激しい雷の音がする。稲妻が光り、すさまじい雨の音がする。百姓四名Ａ、Ｂ、Ｃ、Ｄ、が次々と長者の家の前を大声で走っていく。）

百姓Ａ　雨じゃ、雨じゃ、

百姓Ｂ　みんな起きてくれ。雨が降ったぞ

百姓Ｃ　おーい。田んぼは助かったぞ。

百姓Ｄ　村は生き返ったぞ。

（長者どんは立ち上がる。）

安八長者　はて、夢で蛇の言ったことは本当じゃったわい。これはえれいことになった。どうしてあんな約束を蛇としてしもうたのじゃ。とりかえしがつかんことをしてしもうた。

（長者はふとんを頭からすっぽりとかぶって寝る。）

（たちまち朝。鶏の鳴き声。）

長者の妻　あなた、あなた、いつまで寝ておられるのですか。昨夜大雨が降りまして、村人が大喜びで野良仕事に出かけているというのに。

（妻がふとんをはがそうとするのに、長者はふとんをはがそうとしない。）

長者の妻　おかしな人ですよ。どこか御病気なのですか。まあ、本当に世話をやかせる方ですね。朝姫、ちょっとお父さまをおこしておくれ。

（妻が去り、朝姫がおこしに来る。）

朝姫　お父さま、いかがなされたのですか。さあ、ちょっと起きてください。朝姫に、お父さまのお顔を見せて下さい。

安八長者　朝姫か、わっちだって起きたいのだ。けどな、わっちはえらい約束をしてしもうたのじゃ。その約束を、おまえ果たしてくれんか。

朝姫　何ごとですか。わたしにできることですか。

安八長者　ああ、できる。実はな、おまえ蛇の嫁になってくれんか。

朝姫　えっ、なんですって。わたしが蛇の嫁に。そんな冗談を朝から、おっしゃらないでください。

安八長者　いや、冗談じゃない。本当の話じゃ。おまえ、わっちのために蛇の嫁になってくれんか。

朝姫　お父さま、気が違われたのですか。わたしが蛇が大嫌いなことは御存知でしょう。わたしの夫となる人は、都に住むやむごとなき上人と決めているのですよ。それなのに、わたしを蛇の嫁にだなんて。お父さまは、わたしが憎いのでございますか。

（朝姫は泣きながら去る。）

安八長者　やっぱり駄目か。（ためいきをつく。）

（長者はまたふとんをかぶる。）

（昼姫が長者をおこしにくる。）

昼姫　お父さま、いかがなされたのですか。さあ、ちょっと起きて下さい。昼姫にお父さまのお顔を見せて下さい。

安八長者　昼姫か。わっちだって起きたいのだけどな、わっちはえらい約束をしてしもうたのじゃ。その約束をおまえ、果たしてくれんかの。

昼姫　何ですか。わたしにできることなら喜んで。

安八長者　ああ、できる、できる。実はな、おまえ、蛇の嫁になってくれんか。

昼姫　えっ、なんですって。わたしに蛇の嫁になれって。そんな恐ろしいことをおっしゃらないで下さい。蛇と聞くだけで、身が震えるのに。

安八長者　おまえも蛇が好きじゃないのか。けど、わっちのために、蛇の嫁になってくれんか。

昼姫　お父さまは、どうかしてしてしまわれたのですか。わたしの夫となる人は、都の一番のお金持ちの長者どんの息子と決めているのですよ。蛇の嫁なんて、嫌なことですよ。

（昼姫は怒って去る。）

安八長者　やっぱり駄目か。

（長者はため息をついてふとんをかぶる。今度は夜姫が起こしにくる。）

夜姫　お父さま、いかがなされたのですか。さあ起きてくださいい。もう昼になりましたよ。夜姫にお父さまの顔を見せて下さい。

安八長者　夜姫か。わっちだって起きたいのだ。けどな、わっちはえらい約束をしてしもうたのじゃ。そお約束をおまえ、果たしてくれんかの。

夜姫　どんな約束をなさったのですか。

安八長者　実はな、大野村との水喧嘩のとき、柿太郎に喧嘩に勝ったら、おまえを柿太郎の嫁にやると約束してしもうたのじゃ。その約束をおまえ果たしてくれんかの。

夜姫　私を柿太郎さんの嫁になれと

安八長者　いや、おまえが柿太郎の嫁ならまだましじゃが、そうじゃねえ。

夜姫　それではどんなこと？

安八長者　夜姫、昨夜は、大雨が降ったことは、おまえもよく知っておろう。

夜姫　はい。とても嬉しい雨でございました。村の人々は雨の中で躍り上がって喜んでいましたよ。

安八長者　そうか。その雨はな、誰が降らしたと思う。蛇がわっちの願いを聞いて、降らしてくれたのじゃ。

夜姫　それはまことの話でございますか。

安八長者　わっちは蛇に、雨を降らせてくれたら、どんな願いもかなえてやると言ってしもうたのじゃ。それでな、その蛇の願いとは、おまえたち三人の姉妹のうち一人を嫁に欲しいというのじゃ。

夜姫　あたしたち三人のうち一人を蛇の嫁にほしいというのですか。

安八長者　そうじゃ。おまえは柿太郎の嫁にと思とったのじゃが、どうかわっちのために、蛇の嫁になってくれんかの。

夜姫　分かりました。お父さまがそれだけおっしゃるのなら、わたしがゆかせていただきましょう。

安八長者　本当か。お前が蛇の嫁になってくれるのか。ありがたい、ありがたい。

夜姫　お父さま、蛇は昔から百姓が丹精こめてつくったお米を、食いあらすネズミをとらえる人間に役に立つ動物でございます。ですから、蛇のことを屋敷回りとか、先祖さまというております。また白蛇は、神の使い、弁天さまの使者などとも言われております。このような蛇を、わたくしはこわくありません。わたくしは蛇の嫁となりましょう。

（長者の妻、朝姫、昼姫が駆けこんでくる。）

妻　夜姫、おまえは蛇の嫁になるのじゃと。いけません。わたしは、そんなことは許しませんよ。

朝姫　お父さまが蛇に、おかしな約束をなさったのですから、蛇の嫁はお父さまが、なさればいいのですよ。
安八長者　なに、わっちが蛇の嫁に。
昼姫　お父さまは、娘の気持ちも考えずに、あまりによい加減な約束をなさいすぎますよ。
妻　まあ、まあ、そんなにわめかないで。なんとか蛇をやっつける思案をしなければね。
夜姫　蛇をやっつける？
朝姫　そうよ。蛇を殺してしまえば、おまえも助かるからね。
昼姫　おまえも蛇の嫁なんかやっぱり嫌でしょう。
妻　そうじゃ。よい考えがある。蛇が今度、やってきたら、娘との祝言じゃ言うて、蛇に酒を飲ますのじゃ。
朝姫　蛇に酒を飲ませて、どうするの。
安八長者　蛇を酒で酔わせるつもりか。
妻　いいえ、そうじゃありません。酒はどぶろくじゃから、白く濁った酒の中に、針を何本も入れておくのじゃ。
昼姫　分かったわ。蛇は酒を飲むと針まで一緒に、飲むという訳ね。
安八長者　何やて、針で蛇を殺すのか。そんな恐ろしいことを。
妻　あなた、なにが恐ろしいのですか。それもかわいい娘を魔物の蛇から、救うための方法じゃありませんか。あなたは、夜姫がかわいくはないのですか。

安八長者　しかし、蛇をだましうちにするなんてことは、わっちにはでけんが。

妻　あなた、何がだましうちですか。蛇が人間を嫁にするということが、そもそもの大間違いなのですよ。犬は犬連れ、鶏は鶏連れ、蛇は蛇を嫁にすればいいのです。

夜姫　お母様、わたしはきのう、揖斐の茶々が飢餓のために身売りをしていくのを見ました。そればかりか、村には飢餓のために生まれたばかりの赤ん坊を泣きながら間引きした母親がいるのも知っています。私は飢餓でみんなが死ぬ時、私の足がなくなることで、飢餓が止むなら足を切っても、口惜しくありません。

妻　夜姫、なんてことを言うのですか。

夜姫　かあさま、蛇は飢え死に寸前のこの村に恵みの雨を降らしてくれたのです。雨が降らなければ、あたしたちは本当にもう死ぬばかりでした。蛇はこの村を救ってくれた、いわば村の大恩人です。その恩人を裏切ることは人間のやることではありません。お父さまのためにも、飢え死にせずにすんだみんなのためにも、わたしは喜んで蛇の嫁になりましょう。

安八長者　夜姫、よう言ってくれた。

朝姫　夜姫！

昼姫　それはまことの心か。

夜姫　はい、まことの心です。蛇の嫁というても、まさか蛇がわたしを腹の中に飲み込んで、しまう訳ではありますまいよ。さあ、そんなに悲しい顔をしないで、今日は私のめでたい祝言の日。もっとにっこり笑うてくだされ。

安八長者　そうじゃ。夜姫の嫁入りじゃ。さあ、笑うぞ、笑うぞ。ははははは。

（後の三人は笑わない。そこへ、侍が下手より登場。実は蛇。侍は長者の戸をたたく。）

安八長者　はて、誰や。

朝姫　はい、どなた様ですか。

安八長者　よし、わっちが出てみよう。

侍　これは安八大夫殿。

安八長者　はて、どなた様で？

侍　お忘れですか。わたくしのことを。昨日お会いしましたのに。

安八長者　えっ？　わっちはあんたを知らんがの。

侍　実は、わたくしは昨日あなたの頼みによって昨夜来、存分に雨を降らせたものである。その折のわたくしへのお約束通り、あなたのご息女一人をいただきに参りました。

安八長者　えっ！　そうか、あなたが昨日の蛇殿か。あれは夢ではなかったのか。よし、約束通り、おまえ殿にわっちの三番目の娘の夜姫をさしあげる。これ、夜姫、こっちへ来ておくれ。

（夜姫が戸口へ来てお辞儀をする。）

安八長者　これがお前の夫になる方じゃ。御挨拶をせい。

夜姫　夜姫と申します。よろしくお願いいたします。

侍　わたくしは雨森巳之助と申します。

妻　あなた、夜姫の夫となる方を、そんな所ではなんですから、上へあがってもらってください。

夜姫　今日は夜姫の祝言の日ですよ。さあ、朝姫、昼姫、妹の祝言の酒盛りの支度をしましょう。
かあさま、酒の支度は入りませぬ。早速雨森様とこれより参ります。

安八長者　なんやて、もう行くのか。そんなに急がずとも。

夜姫　いいえ、こういうことは早い方がよろしゅうございます。お父さま、お母さま、そしてお姉さま、長い間お世話になりました。御恩は忘れはいたしません。それでは、夜姫はこれより参ります。

（夜姫はお辞儀をして侍と出ていこうとする。そこへ、安倍虫麻呂が従者じいと登場。）

安部虫麻呂　待て、田舎侍、夜姫を連れてどこへ行くつもりか。夜姫はお前には渡さん。こっちへよこせ。夜姫は麻呂の物となるのじゃ。

（安部の虫麻呂は刀を抜く。侍は沈黙したまま、夜姫とともに虫麻呂の前へ行く。虫麻呂が切りかかるが刀を振りあげたまま動けない。）

安部虫麻呂　あっ、体がしびれて刀をふりおろせぬ。じ、じい、お前がこいつを斬ってくれ。

（じいが刀をぬいて斬りかかるが、これも体が動かない。）

従者じい　あっ、体が少しも動きませぬ。こ、これはどうしたことか。

（そこへ柿太郎が下手から右手に包帯をして現れる。後ろから与作、貫太、坊さんがついてくる。）

安八柿太郎　あっ、夜姫さま。おめえさまがわっちの嫁になるのは、長者どんの許しが出たぞ。今日は仮祝言じゃ。

夜姫　柿太郎さん、それはなりませぬ。この方は雨を降らしてくれた、村の大恩人。わたしはこの方の嫁になることになったのじゃ。

安八柿太郎　何やと。こいつが雨を降らしてくれた、大恩人だと？　ははははは、わっちはそげんなことは信じん。こいつが雨を降らして、くれたんじゃのうて、雨はわっちら百姓の願いが天に通じたのや。そうじゃの、坊さま。

坊さま　いや、柿太郎、わしが見たところ、この侍は、ただものじゃないぞ。体から異様な妖気がただよっておる。うむ、気をつけよ。こやつは蛇の化身じゃ。おまえ、夜姫のことは諦めた方がええぞ。
安八柿太郎　何やて、こいつは蛇やて。何をこの青侍、わっちの夜姫を蛇なんぞにやるものか。
（柿太郎が左手で殴りかかるが、たちまち体が動かなくなってしまう。）
安八柿太郎　あっ、体がかちんかちんに。くそ、妖術を使いやがった。
（貫太と与作が侍に殴りかかろうとすると、坊さんが二人をおしとどめる。）
夜姫　柿太郎さん、どうか許して下さい。夜姫のことは忘れて下さい。では、みなさま、さようなら。
侍　夜姫に会いたければ、美濃と越前の国境《くにざかい》にある夜叉ケ池へ会いに来るがよい。
（夜姫と侍は、お辞儀をして下手へ去る。）
坊さん　（呪文をとなえて合掌する）イッツノ不思議ヲトクナカニ仏法不思議ニシクゾナキ、仏法不思議トイフコトハ、弥陀の弘誓ニナヅケタリ
（たちまち、柿太郎、虫麻呂、従者じいの金縛り呪いがとける。）
従者じい　ほっ、助かった。

安部虫麻呂　恐ろしい奴だ。
安八長者　（下手を見ながら）夜姫！
朝姫　元気でね！
昼姫　体には気をつけるのよ！
坊さん　南無阿弥陀仏。南無阿弥陀仏。
安八貫太　夜姫は、安八村のために雨を降らせてくれた。蛇の恩返しのために、蛇の嫁になったのじゃ。
安八与作　そうや、夜姫はわっちんたのために蛇の女房になったのや。
安八貫太　それじゃ、夜姫の祝言のために歌を歌うてやろまい。
安八与作　そら、ええ。そんじゃ、貫太、おまえ歌え。わっちは踊るぞ。
安八貫太　揖斐の流れはどこからよ、八千代茂れる揖斐の谷、聞くもおそろしい夜叉ケ池、そおーら夜叉ケ池（繰り返す。）
安八柿太郎　夜姫、夜叉ケ池へ必ず、会いに行くからな！
（やがて、しだいに歌にあわせて踊りはじめる。）

──幕──

水戸天狗党物語

（一幕一場）

〈キャスト〉（登場人物）
唯平（真桑村の百姓）
源助（真桑村の百姓）
梶原松右衛門（根尾村の名主）
武田耕雲斎（天狗党首領）
藤田小四郎（天狗党副首領）
大林又兵衛（参謀）
隊士・橋本金太郎
隊士・高橋弥三郎
隊士・井上新六
隊士・服部半次郎
女隊士・山本小梅
女隊士・今井菊
娘・百合
井上しのぶ（新六の母）
美濃屋（生糸商人）
揖斐屋（茶商人）
富山の薬売り
修験者

〈スタッフ〉（裏方・演技指導等）
進行
演出
大道具
小道具
衣装
メイク
照明
効果・音楽
背景

第一場

時――元治元年（一八六四）十二月三日
所――美濃国根尾村長嶺
（舞台は根尾街道の奥。能郷と徳山との分かれ道にある長嶺。赤い胸当てをつけた石の地蔵が中央に立っている。稲の刈り入れがすんだ畑に雪がわずかに積もり背景の山脈は白銀で輝いている。上手から旅姿の百姓が二人登場。）

（カラスの鳴き声。）

唯平　あれ、カラス鳴きが悪いと雪が降るちゅうが、明日あたりはいよいよ大雪かもしれんぞ。
源助　真桑村と違ってこちらは一度どかっと雪が降ったら、来年の春になるまで雪が解けんとのことや。
唯平　さっき村の百姓が熊が里に出たと騒いでおったが、おそがいこっちゃなも。
源助　唯平、とろくせえこと言うちょるな。熊が出たくらいで何がおそがい。わっちら百姓にとって何がおそがいちゅうて、おそがいものはお上が取り立てる年貢じゃねえか。
唯平　ああ、そうやった。そうやった。

源助　真桑村のおめえとわっちがみんなから選ばれて、何でわざわざ根尾の長嶺までやってきとるか分かっとるやろ。
唯平　うん。根尾村にあらわれた水戸の天狗党にわっちんたの願いを聞いてもらうためや。
源助　そうや。わっちんた百姓の味方になってもらうためや。
唯平　けど、侍衆の中に女もいたぞ。
源助　あの女たちもやっぱり天狗党の仲間や。
唯平　ほう、女もな。ところで、なんで天狗党がこんな根尾の山奥へ女まで連れてやってきたのかなも。
源助　それはな。あの人たちは水戸藩にかかわる人々でな。水戸を立ち京へ攻め上がるために中仙道を下り美濃まで来たちゅう訳や。
唯平　それは、またどうしてや。
源助　なんでもな、尊王攘夷とゆうてな、幕府が異国と貿易するために港を開いたことをやめさせようとのことや。
唯平　ソンノージョーイちゆうか。
源助　今から五年前の三月三日、朝廷の許しもなくアメリカと通商条約を結んだ井伊直弼という大老が桜田門外で殺されるという事件があったが、おめえ知っとるか。
唯平　それは桜田門外の変というやつやろ。

源助　そうや。その桜田門外の変はな、天狗党と同じ水戸の浪士がおこしたちゅうぞ。

唯平　あれ、それはまたおそがいこっちゃなも。

源助　ところが、その後すぐに「大雪弥生のちょぼくれ（俗謡）」という歌が広まったとのことや。

唯平　ほう、またどんな歌や。

源助　ええか、よく聞けよ。歌ってやるからな。（手拍子打ちながら）桜田門外大変騒動、大名・旗本にわかに腰抜け、町人・商人肝玉失い、大老亡びて御米も少しは相場が下がって、下も下もちっとは元気がよくって、天気もようようこの頃直って、年号万延改元ござして、是からおいおい世直し、世直し、世直し。

唯平　（うかれて踊りながら）世直し、世直し、はっははは。

源助　（これも踊りながら）世直し、世直し、はっははは。

唯平　それなら、天狗党はわっちんた真桑の百姓一揆を応援してくれるかもしれんな。

源助　それじゃからこそ、ここまで来たのじゃないか。

唯平　けど、侍ちゅう奴はいつもわっちんたに無理難題ばかりを押し付ける悪者としか見えんがな。

源助　ほんとやなも。まして侍の親方である殿さまなぞはいっぺんだって、わっちんたのためになることをしてくれたことはないもんな。殿さまは大悪党と思うとりゃまちがいはねえて。

唯平　源助、あっちが天狗党がいる本陣のある代官所のあるところ。さあ、行くべえ。

源助　まあ、唯平、あわてるなて。もうちいと天狗の様子を見てからにするべえ。

唯平　そうか。侍は信用がおけねえからな。

（二人の百姓は上手へ去る。かわりに上手から、武田、藤田、根尾村の庄屋、梶原の三人があらわれる。）

梶原　ここ根尾村は樵《きこり》をしながら野良仕事をする生活で、樫、栗、栃の木の実を主食に食っていくだけで精いっぱいなところでございます。今年は猪が作物を荒らすわ、蝗《イナゴ》の大軍がおしよせるわで、ついには乞食をしに村を出て行く百姓が何人もございました。

武田　わしの故郷の常陸の国でも、信濃でも、美濃でもどこもかしこも百姓のくらしはひどいものだ。それなのに、わしたち侍が刀などさして威張っているが、結局はおまえたち百姓に食わせてもらっていることさえ気が付いておらぬ。

藤田　冬なのに、ここの百姓は夏と同じで蒲団もないいろりの傍で寝起きしているというが、まことか。

梶原　はい。ここらの百姓は冥土に行く時に、はじめて蒲団の上で米のめしを食うことができるくらいで、雪の降った朝にはいろりの側で冷たくなっている者も決して珍しくはありませぬ。

武田　哀れなことじゃのう。村では酒を飲むことも大垣藩は禁じているというが。

梶原　はい。百姓がどぶろくを飲むことを大垣藩は厳しく禁じております。村の祭りには少しぐらいは、どぶろくも出ますが、それとても、なかなかうるさそうでございます。

藤田　しかし、今日のような寒い日などは酒でも一杯ひっかけずには、どうして体を温めたらよい

梶原　のか。よくも我慢ができるというものだ。

武田　わたしたち、お上のなさることに対しては、すみまっせん、申しひらきござりませんと言うしかなく、いつの間にかあきらめ根性が身についてしまいましたわ。

藤田　それは、お上が、おまえたちを長い年月にわたって、そういうあきらめ根性を植えつけ、支配してきたせいじゃ。

梶原　大垣藩の代官は、わしたち天狗党が来たと知るや、一目散に逃げ出したのだろう。

武田　はい。代官は皆さまが根尾村に入ってきたと聞いただけであわてて体一つで夜逃げいたしました。

藤田　そんなものさ。代官はどこも藩の権力を笠にして威張っているがいざ我が身が危なくなると、一番先に逃げ出すものだ。

梶原　名主殿、村の百姓衆がいろいろ野菜や食い物を本陣にもってきてくれるので、金を渡そうとするけれども、どうしても受け取らぬ。わたしたちにそんな心配をしてくれてよいものか。

武田　小四郎殿、卑しい百姓ばかりですが、はるばる遠くからお見えになった皆さまを精いっぱいお客様としてもてなしたいというささやかなこころざし。お気に召さぬでしょうが、どうか受けてやってください。

かたじけないことじゃ。わしらは幕府から追討軍が出ている身の上、後からそなたにお上からきっと、おとがめがあっては申し訳が立たぬ。

梶原　何を申されます。そんなご心配はいりませぬ。

藤田　わたしたちの願いが聞き届けられたあかつきには、このご恩には必ず報いたい。

梶原　今の世の中、百姓が年貢のためにどんなに苦しんでいるか、この村で百姓一揆がおこっても決して無理がないひどいありさまでございます。わたしは名主でもそれをとめることはできませぬ。

武田　これも幕府が開国して異国と貿易をしているために、貧しい者はますます貧しく、富める者はますます富めるようになっているからじゃ。

藤田　海外から大量に安い綿製品が入ってきたため、糸引きをして金を稼いでいた百姓がみなやられたのです。

武田　このままでは、今にアメリカやエゲレスに日本国が牛耳られて日本が異国の植民地になってしまう。

藤田　われわれの力で何としても日本国をアヘン戦争でひどい目にあった中国の二の舞にしてはなりません。

梶原　心強いお言葉。お頼みします。それにしても、腹が減っては戦もできません。食事の用意もできた頃。さあ、こちらへどうぞお越しください。

武田・藤田　それはかたじけない。

（梶原・武田、藤田の三人は下手へ去る。上手から、二人の商人の美濃屋と、揖斐屋をつれて、二人の隊士橋本と高橋が登場。）

橋本　さあ、とっとと歩かぬか。おまえたちはなぜここへ連れてこられたか分かっているか。（二人の商人をつきおす。）

美濃屋　いつまでもぐずぐずしておれば越前の国まで連れていくぞ。それでもよいか。

高橋　そ、それは困ります。（地に這いつくばる）わたしどもも、なんでも天狗党の皆様の言うとおり従いまする。

揖斐屋　（これも這いつくばり）天狗党の皆さまに歯向かうつもりは毛頭ございません。

橋本　歯向かうつもりはないと。美濃屋、お前は生糸を買い占め、揖斐屋、お前は茶を買いあさり、それを横浜で異人と取引して、莫大な富を得ているというではないか。

高橋　朝廷は異国との交易は認めておられるぞ。なのに、おまえたちはエゲレスやアメリカと商いをして私服をこやしている。生糸や茶が暴騰して、民百姓がどんなに苦しんでいるのか分かっているか。

美濃屋　わたしどもは生糸を買い占めたりして、生糸の値段をつりあげたりしてはおりませぬ。なあ、揖斐屋さん。

揖斐屋　はい、あたしどもが茶を買い入れていますのはすべて幕府のご指導によって商いをしている

橋本　だけで、決して悪いことはしておりませぬ。
美濃屋　悪いことをしておらぬと。よくもそんな口が利けるな。よし、この拙者がおまえたちに天誅を加えてやる。覚悟しろ。（刀を抜く）
揖斐屋　な、なにをなされる。（後ずさりしながら）
高橋　ま、まってください。命だけはお助け下さい。
美濃屋　はっははは。命が惜しければ出すものは出せ。
揖斐屋　は、はい。（懐中から取り出す）ここに七十両あります。
橋本　わたしも（懐中へ手を入れ）ここに五十両あります。
高橋　なんだ。七十両に五十両だと。笑わせるな。天下の天狗党をなめているのか。
橋本　よし。橋本氏、拙者が責任をもつから、この二人をたたっ斬れ。こいつら自分の首よりも金が大事だと見える。
美濃屋　よし、分かった。さあ美濃屋。おまえからその首をたたっ斬ってやるぞ。それとも揖斐屋、お前から先にするか。
揖斐屋　（ぶるぶる震えて）揖斐屋さん、あ、あなたからどうぞ。
い、い、いえ、美濃屋さん、あなたからどうぞ。
（美濃屋と揖斐屋が譲り合う。）

高橋　何を二人でごちゃごちゃ言っている。面倒だ。おれが二人一緒に斬ってやるから雁首を二つそこに並べろ。（刀を抜く）

美濃屋　あっ！

揖斐屋　ひぇ！

美濃屋　ま、まってください。忘れておりました。この袂《たもと》にほれ、まだ三十両ございました。

揖斐屋　あっ、（左の袂に手を入れ）わたしもこちらに五十両あ、ありましたぞ。

（橋本と高橋の二人がそれぞれ美濃屋と揖斐屋の二人の顔をつきつける。）

美濃屋　（手をすり合わせて）平に、平に。

揖斐屋　（ぺこぺこ頭を地につけ）お許しを、お許しを。

橋本　おまえたちこんなはした金ですむと思っているのか。

美濃屋　はい。どうしてもこれだけしか今は集まりませんでした。

揖斐屋　わたしも美濃屋さんと同じでございます。

高橋　おまえたち天狗党に軍資金を提供するのがどうしても嫌だというのだな。

美濃屋　め、滅相もない。

揖斐屋　わたしも美濃屋さんと同じでございます。

橋本　それでは、この百両が軍資金と申すか。話にならん。千両箱の一つや二つ、けちけちすれば

美濃屋　どうなるか。おまえたちの家に大砲の玉をぶちこまれてもいいのか。

揖斐屋　め、滅相もない。大砲の玉をぶち込まれたらすべては灰になってしまいまする。どうか、それだけはご勘弁を。

高橋　どうぞ、大砲はやめてください。

橋本　ならばじゃ。よく聞き分けてくれ。こんなしみったれた金では大砲の玉にもならんのだ。（二百両を地面に投げる。）

わしらはこれから日本国のために世直しをせねばならぬ。それには軍資金がいるのだ。（刀をふりかぶり首を斬る真似をする）やっ！

美濃屋・揖斐屋　ひぇっ！（二人とも後ろにひっくりかえる。）

美濃屋　は、はい。よーくわかりました。

揖斐屋　軍資金をお望み通り出します。出します。

高橋　そうか。よーし。たった今からおまえたちはわしらの同志だ。では、天狗党の使いの者をやるから、その者に軍資金を手渡すようにめいめいが一筆したためてくれればよいのだ。さあ、こちらへ参れ、参れ。

美濃屋・揖斐屋　は、はい、わかりました。

橋本　さあ、立って歩くんだ。

（隊士二人に追い立てられ美濃屋と揖斐屋は下手へ去る。）
（上手から服部と百合が登場。服部は足を負傷して、杖をついている。）

服部　いや、本隊から随分と遅れてしまったが、やっと長嶺に到着することができた。これも百合さん、あなたのおかげだ。

百合　肩を貸すぐらいはやさしいこと。足の傷はまだ痛みますか。

服部　和田峠で敵の鉄砲で撃たれた傷跡が治っていないのだ。こんなぶざまな有様になるくらいなら、いっそあの時、頭でも撃たれて死ねばよかったのだ。

百合　何をおっしゃいます。春になれば、きっと傷口もよくなりますから、気の弱いことを申されますな。後で傷口にお薬を塗ってあげましょう。

服部　かたじけない。拙者などは天狗党の足手まといになるだけの身だが、百合さん、あなたがいてくれるから大助かりだ。一生、恩に生きるぞ。

百合　いいえ、あたしこそ半次郎さまにお礼を申さねばならぬ。太田の宿で年貢を払えないために、身売りをしたあたしが人買いの吉三から逃げだしてきたのを、助けてくださったのですから。どんなに有難く思っていますことか。

服部　なに、たいしたことではない。天狗党の名を聞いて、人買いの吉三が青くなって逃げ出したにすぎんよ。拙者の力ではないさ。

百合　いいえ、あなたさまのおかげで、苦界に身を落とさずにすんだのですから、少しでもあなたの手足になることができて、こんな嬉しいことはありません。
服部　いや、拙者の方が毎日お世話をおかけしているから、お礼を申さねばならぬ。
百合　いいえ、あたしの方こそ、どんなに尽くしても御恩を返すことはできません。さあ、本陣の幕が見えてきましたから、参りましょう。さあ、遠慮なさらずに肩に手を。
服部　ここに地蔵さんが見ておられるから、ちと恥ずかしいが、やむお得ぬ、百合さん頼むぞ。
百合　半次郎さま、そんなに気がねなさいますな。
服部　百合さん（百合の肩に手をかけて）すまぬ。すまぬ。

（服部と百合は立ちあがり、下手へ去る。）

（突然、下手の方で「美濃屋と揖斐屋が逃げたぞ」「待て！」「逃がすな！」の声。美濃屋と揖斐屋が逃げてきて中央でつまづきひっくりかえる。が、あわてて立ち上がり上手へ去る。橋本があらわれる。その後ろに高橋があらわれる。）

橋本　待て！　待て！
高橋　ちくしょう、逃げ足の早い奴だ。せっかくの金づるを逃がしては大損だ。

（上手から女隊士の小梅と菊が登場。）

橋本　きみたち、そちらへ商人風情の男が二人走っていくのを見かけませんでしたか。
小梅　そんな男は見かけませんでした、ね。菊殿。
高橋　さてあなたたち、また商人から金をせびり取ろうとしたのですか。
菊　いや、軍資金をやつから借りようとしたのだ。
小梅　借りると言っても、それは強盗と同じではないのですか。天狗党は強盗をしているとよくない評判が立っているのを知っているのですか。
橋本　いやあ、あなたたちの意見はいつもながら厳しいですな。しかし戦はあなたたちのような理論だけではできない。金、軍資金がいるんですよ。
高橋　あなたたちに話をしてもはじまらぬ。まだ、そこらにいるにちがいない。探そう。
橋本　今度こそ見つけ出したらひどい目にあわせてやるぞ。
菊　きみたち天狗党の軍条例を忘れたのですか。
小梅　一、無罪の人民を妄りに手負わせ殺害致候事。
一、民家に立ち入り、財産を掠め候事。
一、田畑作物を荒し候事。
一、将長の命をまたず、自己不法の挙動を致し候事。
橋本　分かりました。分かりましたよ。大事な金づるに手を負わせたり殺害するはずがないではないか。

（橋本と高橋は走って上手へ去る。）

小梅　天狗党にあんな侍がいては困りものですね。

菊　ほんとね。ところであなたはどうして天狗党に入ったのですか。

小梅　そもそもあたしは自分が女として生まれたくなかったのです。

菊　それはなぜですか。

小梅　そうじゃありませぬか。女は小さい時は親に従い、老いては息子に従うというように、死ぬまで奴隷のように従うばかり。どこに生きてきた喜びがありますか。

菊　侍の娘であれば、男に絶対服従の一生を送らねばなりませぬ。

小梅　大名の奥方といったって、本当は百姓の妻よりも哀れなものではありませんか。

菊　百姓の妻だったら夫とともに力を合わせて畑を耕したり、機を織る生活がありますものね。

小梅　武家の妻ときたら、ただ子供を生むための道具で、あとは何の生活もないのですからね。

菊　たとえ、侍の妻になっても、子なき妻は去るか、子無ければ妾をおくなどと、男の手前勝手ばかりが通るこの世の中。

小梅　あたしは好きでもない許嫁と祝言をあげるのが嫌でこの天狗党に入ったのです。すべてお家大事で上司の言うがままの男がどうしても好きになれなかったのです。

菊　そうだったのですか、あたしの場合は父親に反発してこの天狗党に入ったのです。父親とき

小梅　たら「女はすべて文盲なるのがよい、学問など決していらん。女は馬鹿であることが女の知恵だ」というのが口癖でね。そういう父に殴られ、めそめそ泣いているような母親にはどうしてもなりたくなかったのです。

菊　なによりも天狗党はあたしたちを女としてでなく、同志として見てくれる。そのことがあたしは嬉しくてたまらないのです。

小梅　ここでは男たちに負けぬ働きが十分にできますものね。

菊　このまちがった世の中、天狗党なら正しく直してくれるとあたしは信じたいのです。

小梅　京へ行ったら、あなたはどうしますか。

菊　あたしはただ侍の妻となるだけの人生でなく、みんなのため少しでも役だつような仕事をしたいのです。

小梅　あたしはできれば医術を学んで女の医者になりたいのです。

菊　おたがいに京へ着いたら、今度こそ女として生まれてよかったと思うような生き方をしましょう。こんな陣羽織はきれいさっぱり脱ぎ捨ててね。

菊　これからの世の中、女として生まれたことを後悔することのないように、あたしたちの力で世直しをしなくてはね。

小梅　あちらに（下手を指さし）小四郎殿が見えた。明日の出発の時刻を聞いてまいりましょう。

菊　いよいよ、明日は蝿帽子《はいぼうし》の峠越えるでしょうかね。

（小梅、菊が下手へ去る。）

（橋本と高橋が二人の百姓を連れてくる。百姓は先ほどの唯平と源助である。）

橋本　さあ、百姓衆、こちらへ参れ。

高橋　どうしても、藤田小四郎さまに会ってお話ししたいと申すのじゃな。

橋本　おっ、ちょうどよい所へ小四郎殿がみえたぞ。

（藤田が下手から登場する。）

高橋　藤田小四郎さま、百姓たちが小四郎さまのお名前をお慕い申してやってきたと申しております。小四郎さま、えらい人気ですぞ。

藤田　いったい誰が拙者に会いたいと言うのか。

橋本　はい。この二人の百姓が参っております。なんでも真桑村の唯平と源助と申しております。

藤田　その方たち、拙者に用があると申すか。

（唯平と源助がその場にひざまずいて叫ぶ。）

唯平　どうかお願いでございます。

源助　どうかわっちんたを助けてくだせえ。

藤田　おまえたち、いったいどうしたというのだ。
唯平　わっちんたは、真桑村のものでございます。今年は、夏は日照りがつづいたかと思うと、秋には大雨というようにひどい飢饉となりましてどうにもこうにもなりません。なのに、大垣藩は長州征伐の軍資金がいるから、上納を増やせと無茶なことを言われるのでございます。
源助　わっちんた上納を増やされては百姓一統死なにゃなんねえて、そんで、どうか上納の割増だけは許してくだせえて、大垣藩にお願いに及んだのでございます。ところが大垣藩は、わっちらが徒党を組み一揆を図っていると決めつけ、タンボを取り上げるというきついお仕置きとなりました。わっちんた、タンボは、命でございます。タンボをとりあげられては、生きては、いけません。それでついに百姓一揆になりましたので。
藤田　長州征伐の軍資金のために、年貢を増やすのだと。百姓衆を苦しめ、一揆にまで走らせるのは、大垣藩の失政の証拠。まして長州藩は、われら天狗党が尊王攘夷の盟主とも頼む藩だ。よし、分かった。お前たちの味方をしてやろう。
唯平　あれ、ふんとに、お侍の皆さんがわっちんた百姓の味方をしてくださるのけえ。
源助　うあ、よかった。よかった。天狗の皆さんがわっちんた百姓の味方をしていただければ、鬼に金棒というわけや。
唯平　天狗党は、町や村に火付け強盗を働く、強盗を働く悪者という噂は、やっぱり噂やったのやなあ。

藤田　おまえたちと同じ百姓も参加している天狗党が民百姓の苦しむことをするはずがないではないか。

源助　いえ、いえ、わっちらはそんなことは、信じていません。信じていないから、ここへ、お頼みに参ったのです。

（下手より大林が登場。）

大林　小四郎殿、こいつら根尾村の百姓か。何かあったのか。

藤田　おっ、大林殿。真桑村の百姓が一揆を起こしたから加勢を頼むと言ってきているのです。

大林　なんだと、百姓が一揆をおこしたから加勢しろだと。馬鹿な！こいつら大垣藩の回し者ではないか。このものの言うことをまともに聞いていては、罠にはまるぞ。

唯平　わっちらは、大垣藩の回し者ではねえす。

源助　わっちらは、真桑村の百姓でございます。

大林　ふん。二人とも手を見せろ（百姓二人の手を見ながら）なるほど百姓じゃな。しかし、それでわしの目はだませると思うか。おまえたち大垣藩から、大金でももらって頼まれて来たのだろう。正直に申さぬとよいか（刀を抜く）これだぞ。

唯平　あっ！

源助　あっ！

藤田　大林殿、なにをなさる。
大林　こいつらは、天狗党の様子を探りに来た大垣藩の回し者にちがいない。この場で斬り捨てたが身のためだ。
藤田　なりませぬ。われわれ天狗党は、いつも百姓は国の宝と言っているのではありませんか。
大林　小四郎殿、邪魔をなさるな。おまえたち、かまわぬから、この百姓を斬り捨てるのだ。
橋本・高橋　はっ、承知いたしました。（刀を抜く）
藤田　よせ、よさぬか（二人の百姓を両手でかばう）
（下手から武田があわてて登場する。）
武田　待て！　待て！　おまえたち何をいたしておるのか。
大林　これは、武田殿。
武田　諸君、まずその刀をおさめなさい。それから事の次第をとくと説明しなされ。
唯平　（ひざまずいて）武田耕雲斎さまですか。
源助　武田様、どうか、どうか、わっちら百姓の頼みを聞いてくだせえ。
武田　百姓衆いかがなされた。
唯平　わっちら真桑の百姓ですが、一揆をおこしましたので、天狗党の皆さまのお力を貸してほしいのでございます。

武田　おまえたち、百姓衆の一揆に加われとな。
源助　天狗党は、わっちら百姓のために、世直しをしてくださると聞きやした。
武田　なるほど。水戸は光国公、先君斉昭公以来、ここにいる小四郎殿の父君の東湖先生以下、農をもって国の本としてきた。志ある士は、百姓衆のことを一日も忘れたことはない。
大林　武田殿、こいつら百姓は大垣藩の回し者。まともに受けとられるな。
武田　まあ、待ちなさい。百姓衆が一揆をおこなうというのは、よほどのことじゃ。たとえ事が成ったにしても指導者は、はりつけ獄門となるのはきまり、おとがめは、おまえたちにも及ぶのは、分かっておろう。
唯平　はい。わっちんたは、初めから命がけでございます。
藤田　おまえたちも、われらと同じく命がけで事をおこしたか。
武田　わしは先君徳川斉昭公のおそばにお仕えしていたから覚えているが、天保七年大飢饉の時、斉昭公がおかごの中から飢えた人々が死んでいるさまをごらんになったことがあった。斉昭公は言われた。「同じ人間を見るに忍びない。わが水戸藩の人民は一人でも決して飢えさせてはならぬ。藩中に米がつきては飢えるのは止むを得ないが、一方に金持ちがたくさんの米を貯えているのに、他方では貧しいものが飢え死にしそうになっているのは政治が悪いからである」と、そこで稗倉を開放なさり、わが水戸藩の領内だけは一人も餓死者もなかったのじゃ。
藤田　武田殿、この百姓たちの味方をしてやりましょう。和田峠で戦って以来、ここらでもう一発

大林　大砲をぶっ放せば気も晴れ晴れします。

藤田　小四郎殿、考え違いをなさるな。わしらは、百姓一揆を助けるために決起したのではない。

大林　いや、それは分かっています。分かっていますが、尊王攘夷の志をはたすのには、百姓衆の支持がなければ結局は、成功しないのですよ。これからはこの百姓たちの力をわれわれの方が必要としなければ成りゆかぬのです。

藤田　いいえ。われわれの目的はあくまでも京におられる一橋慶喜公にわれらの尊王攘夷の志を分かっていただくために京へ上がったのだ。

大林　しかし、ここからたとえ越前へ抜けたとしてもやすやすと京へ入れるわけではありませぬ。雪の蝿帽子峠はたいへんな難所と聞いています。

武田　武田殿、総大将としてここは一体どうなさるつもりですか。

源助　（苦しそうに）百姓衆、できるのならおまえたちに加勢してやりたい。しかし、わしたちの目的は京の一橋慶喜公にお目通り願うことだ。これまでの苦労もそのためにあった。

大林　幕府から追われていなさる天狗党は、お上から追われているわっちらと同様にわっちんたの仲間じゃと思うとりましたが。

武田　はっははは、わしたち侍がおまえたち土百姓の仲間だと、馬鹿なこと申すな。

百姓衆、わしらが大垣藩と戦えば町が焼け民百姓が苦しむことになる。わしらは戦いを避けるために、こうして根尾から越後へ向かおうとしていることを分かってくれ。

大林　よいか。百姓のくせに一揆を天狗党に加勢してもらおうという料簡がまちがっているのだ。
源助　（唯平と顔を見合わせ）分かりやした。わっちら百姓のことは百姓で考えやす。お侍さまに願いに参ったのは間違いでありやした。
唯平　自分たちのことは自分たちでやりやす。
藤田　武田氏、なんとか、なんとかなりませぬか。
大林　小四郎殿、百姓を甘やかすのもいい加減にせい。
（上手に山伏があらわれて、藤田にひそかに自分の胸にかけた、数珠を示す。藤田は山伏に気がつき、山伏の方に急いで近寄る。山伏は藤田にこそこそと耳うちをする。）
大林　さあ、百姓、とっとと帰れ、帰れ。
（百姓二人は立ち上がり武田にお仕儀をする。）
藤田　（突然大きな声で）な、なんだと。一橋慶喜公がわしたちを追討のため京を出発なさったと。
森　いかがした。小四郎殿。
藤田　聞いて下さい。筑波義挙の真情をうったえようとしている、一橋慶喜さまが、わしたち天狗党を討つためにこちらへ向かわれたとのことですぞ。
橋本　な、なんだと。

高橋　それはまことか。
武田　小四郎、それは確かな知らせか。
山伏　はい、申し上げます。一橋慶喜公はすでに大津へ向かわれました。
藤田　ああ、なんたることか。畜生、これでわしたちは逆賊となってしまった。京におられる一橋慶喜公なら、必ずわれわれの気持ちを分かってくださると信じていたのに。
大林　いや、そもそも慶喜公を頼りにしていたのは間違いだったのだ。勤皇の志が厚いとはいえ、一橋は徳川三家の血をひく人。自分が天狗党をそそのかしたと幕府に思われるのが恐かったのだろう。
武田　……。
（唯平と源助は侍たちを見比べている。）
唯平　小四郎殿、天狗党の皆さまによくない知らせがあったのですか。
大林　うるさい。百姓。とっとと失せろ。おまえたちの用はすんだはずだ。
（唯平と源助は再びお仕儀をして上手へ去ろうとする。）
藤田　ま、待て、そこの百姓衆。待ってくれ。皆の者、聞いてくれ。もはや蝿帽子峠を越えていっても甲斐はない。それよりもここで、いさぎよく大垣藩や幕府の者どもと一戦をまじえて花

武田　と散った方がよくはありませんか。
藤田　いや。そうではない。たとえ蝿帽子峠が生死の分かれ道であり、峠の向こうが地獄であろうとも行かねばならぬ。二度と生きて帰ってこれぬ峠であっても行かねばならぬ。どんなに足取りが重くても峠を越えねばならぬのだ。一橋慶喜公がわしらを討とうとなさろうが、わしたちの志はかわることはない。そうであろう。
武田　（拳を顔にあて泣く）う、ううう。
（橋本・高橋も顔を見られまいと後ろ向きで泣く。）
藤田　小四郎殿、あなたの父の東湖先生が『回天詩史』の中でこう書かれた。「いやしくも大義を明らかにして人心を正さば、皇道なんぞ興起せざるを憂えん。この心奮発して神明に誓う。古人言う。倒れて後已《のちや》むと」、そのようにしてわたしたちも倒れて後巳むのだ。
橋本　（涙をぬぐいながら）武田耕雲斎殿、分かりました。わたしはあなたとともに生死をともにします。
高橋　拙者も。
大林　それがしも。
武田　わしは初めからどこまでも武田殿と運命をともにする覚悟だ。
　ありがたい。ありがたい。皆の者、よく聞き分けてくれて礼を言うぞ。（頭を下げて）それから、そこの百姓衆、おまえたちの加勢ができぬが、おまえたちと心が通じている証拠に（懐中より包みを正して）この金を受け取ってくれ。せめてこの金で百姓衆みんなにうまいものでも食ってほしいのだ。

唯平　ありがとうございます。

源助　この金は喜んでいただきやす。（包みをうけとる）（唯平と源助は、礼をしながら上手へ去る、橋本も高橋も二人を見送るため、上手へついていく。）

藤田　百姓衆、一揆を必ず成功させてくれよ！

大林　あいつら、今頃は天狗党の軍資金をまんまとせしめてやったと大喜びしていますよ。

藤田　大林殿、あなたは百姓をどう考えているのですか。われわれ天狗党は一橋慶喜公よりも彼ら百姓たちの方へ向かっていくべきだったのではないですか。そうすれば水戸を追われることもなかったのです。郷土の那珂湊《なかみなと》の戦いで敗北したのは、それが原因ではなかったのですか。

大林　百姓たちは無知だから、わしらの大志が分からんのだ。

武田　いやいや、そうではあるまい。小四郎殿の言うように、主君慶篤さまの弟君の一橋慶喜公の方に向かっていくべきではなく、本当はあの百姓衆の方へ向かっていくべきであったかもしれぬ。

藤田　本当の世直しはそこまでいかなくては達成できぬのではないかと、今やっと分かったように思うのです。

武田　さあ、明日はいよいよ蝿帽子峠のふもとの大河原まで行かねばならぬ。本陣へ戻ろう。吹雪にならぬとよいがな。
藤田　本当ですね。さあ帰りましょう。
大林　わしはここらを一通り見回ってから戻ります。
（武田、藤田が下手へ去る。大林はあたりをきょろきょろと見回し、誰かを探している様子。上手から越中の薬売りが小走りに登場。大林はあたりをうかがい手招きする。）
薬売り　大林さま。谷汲まで大垣藩六百人、彦根藩、加納藩六百人が到着しました。この谷汲の向こうは猫の子一匹はい出るすきまはございません。いつでも攻撃できる態勢はととのっております。
大林　そうか。これで天狗も袋のねずみと同じ。あわてることはない。下手に追いつめると窮鼠猫を噛むということになりかねるからな。
薬売り　ただ気がかりは、真桑村で百姓一揆が起こりましたことでございます。
大林　それはわたしも承知している。よいか、天狗党を百姓と結びついたら大変なことになる。幕府にとってこれほど恐ろしいことはない。そうならぬためにも天狗党はすべて根絶やしにせねばならぬ。幕府に楯つくやつは、どんな目に会うかを存分に知らせてやらねばな。
薬売り　おおせのとおりでございます。
大林　おっ、こちらへ誰か参る。人に見られてはまずい。さあ、おまえは去れ。

薬売り　はっ、かしこまりました。

（薬売りは上手へ大林は下手へ去る。）

（上手から侍とその母が登場。女は風邪をひいている。）

しのぶ　新六、あたしはどこまでもおまえについて行きますよ。

新六　待って下さい。美濃と越前との国境にある蝿帽子峠は母上のような年寄りには、とうてい無理なところ、それでなくとも、もう風邪を召されておられるではありませんか。

しのぶ　なにを申すか。あたしは風邪などひいてはおりませぬ。あたしの体は大丈夫です。

新六　母上、どうかお願いですから、ここからはお帰り下さい。母上のお体が心配でわたくしは天狗党の皆さまに御迷惑をおかけするのが辛いのです。

しのぶ　新六、いつ、あたしが天狗党の人々に迷惑をおかけした。むしろあたしたち女たちがついているからこそ、朝昼晩の三度の食事がいただけるのではありませんか。いくらお金があっても女がついていなければ天狗党は戦もできないのですよ。

新六　しかし、母上がわたくしにどこまでもついて来られては思い切った活動ができませぬ。

しのぶ　新六、何を考え違いをしているのや。あたしたち、女がついているから、子供や女たちが、あなたたち天狗党を恐れず近寄ってくるのであって、刀や大砲をもった侍たちだけであったら、民百姓はみんな逃げ出してしまいますよ。

新六　それは母上のおっしゃるとおりかもしれませぬ。いずれにせよ、水戸が母上にとっての郷里。故里へ帰られた方が幸せなのではありませぬか。

しのぶ　おまえは何かと言うと、すぐに水戸へ帰れ帰れというが、あたしにはもう戻る家もありませぬ。あの人は諸生党に入り、おまえは天狗党に入るわで、一体あたしはどうしたらよかったのです。

（急に泣き出す。）

新六　（母をなだめて）水戸へ帰れば頑固な父上もきっと許してくれますよ。

しのぶ　もはや、あの人のところへは戻ることはできませぬ。あたしは息子のおまえに賭けたのです。それとも、おまえはこの母が邪魔だから捨てようというのですか。この親不孝者。（怒り出す）

新六　ま、待って下さい。頼みますから、頼みますから。ふるさとの水戸へ帰ることを承知してください。

しのぶ　いいえ、おまえの言うことには従えませぬ。あたしはどこまでも天狗党の人々と行動をともにしますからね。

（母はぷりぷり怒りながら下手へ去る。息子の新六はあわてて母を追いかける。）

新六　母上、お待ちください！

（新六も下手へ去る。）

——夜更け——

（下手より武田と服部が登場。）

服部　武田先生、いったいわたくしにどんなお話ですか。

武田　よいか半次郎、はっきり言おう。おまえに天狗党を離れてほしいのだ。

服部　えっ！　それはなぜですか。わたしがこんな手負いだから、邪魔だというわけですか。

武田　いや、そうではない。わしたちの運命ももはやそんなに長くはないだろう。たとえ蝿帽子峠を越えて越前へ入ったにしても、そこには幕府が待ち構えている。そうなればわしたちは皆殺しされる。無論、わしたちは初めから死ぬ覚悟で事をおこした。おこしたけれども、わしたちの生きざまを世の人々に語る者が一人もいなくなってしまうのがあまりにも無念なのだ。どうか、おまえにわしたちの生きざまを死にざまを世間の人々に語り伝えてほしいのじゃ。

服部　いえ、武田先生、どうか、なにとぞわたくしも先生とともに死なせてください。

武田　半次郎、おまえの気持ちはよく分かっている。しかし、おまえの使命はわしらとともに死ぬことではなく、生き抜いてわしらの恨みを後世の人々に伝えることなのだ。（服部の手を取り）どうか、分かってくれ。

服部　わたくし一人がおめおめと生きながらえることはできませぬ。
武田　聞き分けのないことを申すな。おまえにはおまえの怪我を介抱するためについてきた百合がいるではないか。百合のためにもおまえは生きるのだ。これからは百合とともにどこまでも生きてほしいのだ。
服部　武田先生、どうか最後まで先生のお伴をさせて下さい。
武田　ならぬ。おまえはたった今から天狗党の脱走兵なのだ。

（下手から百合が登場。）

武田　おっ、百合、約束どおり来てくれたか。さあ、この半次郎とともに逃げるのじゃ。
百合　はい。分かりました。半次郎さま、参りましょう。
服部　いやだ！　わたくしはここに残るのだ。
武田　えい、いつまでもぐずぐずするな。去れ。去るのだ。百合さん、半次郎を連れていきなされ。おまえは天狗党に二度と戻るな。戻ってきたらたたっ斬るぞ。

（服部は百合に引きずられながら上手に去る。武田は二人を見つめ、そして下手へ去る。）

——翌朝——

（鶏の鳴き声がする。明るい日の光がさしている。天狗党と庄屋梶原との別離の場面。二列に隊列をつくる。前列は下手より上手へ、藤田、井上、しのぶ、菊、橋本の順に整列。後列は、大林、小梅、高橋、山伏の順に整列。二列の前に下手に武田が立っている。）

武田　名主殿、大変お世話になりました。くれぐれもお達者で村の人たちにもよろしくお伝え下さい。

梶原　皆様もくれぐれもお体を大切になさってください。雪がひどくなりましたら、必ず戻ってきてください。遠慮はいりませぬ。

武田　かたじけないことです。では名残もつきませぬ。これでお別れいたします。さあ、出発じゃ。

天狗党全員　（かけ声）えい、えい、おう！

（二列行進で上手へ去る。藤田、武田、大林と梶原が残りお時仕儀をする。）

梶原　そこまでお見送りさせてくだされ。

武田　名主殿とはもっとゆっくりお話しができるとよかったですな。

梶原　ほんとに。

（武田と梶原が上手に去る。）

藤田　さあ、大林殿、参ろうか。

大林　いや、それがしはしんがりを勤めます。幕府の奴らがすぐ後ろから追いかけてこぬか。ここで見届けてから参ります。先に行ってください。

藤田　そうか。大林殿、ではあとを頼むぞ。

（藤田、上手へ去る。大林はあたりをきょろきょろと見回す。薬売りが上手から登場。）

大林　待ちかねたぞ。天狗党は蝿帽子峠を越えて越後へ向かうと伝えよ。総勢八百名あまり。どうせ峠で行き倒れになるだろうが、おれは、武田と小四郎をすきを見て殺さねばならぬ。しかと伝えよ。

薬売り　はっ。承知いたしました。

（大林は上手へ去る。この様子を下手の木の陰で見ていたのは服部である。下手へ行こうとする薬売りの前に立ちはだかる。）

薬売り　あっ！（後退しながら懐中より短刀を抜く）

服部　（ふらつきながら）おのれ、薬売りにしてはあやしい奴と思っていたが、やっぱり幕府の犬であったか。

薬売り　うるさい。天狗の一味がまだこんなところにいたのか、もうすぐここも追っ手でいっぱいになるのを知らんのか。

服部　大林がおまえたち幕府の回し者とはな。よいか、おまえを生かしておくわけにはいかんのだ。

（刀を抜く）

（服部は、薬売りが短刀で飛びかかるよりも早く一撃で斬り捨てる。が、倒れる。そこへ百合が下手から走ってきて引きおこす。）

百合　半次郎さま、お怪我はありませぬか。

服部　大丈夫だ。心配するな。

（服部はふらふらと立ち上がりながら下手の方へ向かう。百合がそばで服部をささえる。）

服部　武田先生！　小四郎さま！

（上手から、唯平と源助があらわれる。雪がちらちら降りはじめる。）

服部　おお、天狗党の面面があんなに急な山道を登っていかれるぞ！

唯平　ほんに、あそこだ、あそこだ。（指さして）

百合　天狗党の皆さま、どうか御無事でいてください。

（泣き出す。）

源助　天狗党の皆さん！（手を口にあて）世直しはわっちら百姓が必ずやりとげてみせますよ！

唯平　どうか見ていてください！

（雪が激しく降りはじめる。）

源助　さあ、半次郎さん、ここには今に追っ手の軍がやって来ます。わっちらがあなたたちを逃がしてあげますから安心なさい。武田さまからお金もたっぷりもらっていますから心配はいらん。

百合　それはありがたいことです。さあ半次郎さん。この人たちと一緒に参りましょう。

服部　よろしく頼むぞ。

唯平　合点承知の助。さあ源助。

源助　行こうか。

（半次郎と百合、源助と唯平はそれぞれもう一度下手の観客の方（天狗党の進む方向）にお仕儀をして下手へ去る。雪がさらに激しく降る。）

――幕――

（この脚本は昭和六二年度の本巣高校銀杏祭《ぎんきょうさい》の職員劇に上演されたものである）

美濃物語

（一幕一場）

〈キャスト〉

（登場人物）

土岐頼芸

斎藤新九郎（道三）

斎藤義龍

明智十兵衛光秀

深芳野《みよしの》

濃姫

小萩

油売りの夫

油売りの妻

鵜匠

本巣太郎（新九郎の家臣）

鷺山次郎（新九郎の家臣）

小牧源太（義龍の家臣）

林　主水（義龍の家臣）

間者　Ａ（山伏姿）

間者　Ｂ（僧侶姿）

ナレーター

〈スタッフ〉

演出

効果

メイク

大道具

小道具

照明

進行

衣裳

時——戦国時代
所——美濃国、井の口（岐阜市）長良川畔

第一場

幕があくと舞台は、長良川の河原である。背景には金華山（稲葉山）がそびえており、山の頂には城が見える。金華山のふもとには長良川が流れている。河原には葦や草が生えている。川のせせらぎの音。鵜匠が上手から登場。腰には籠をぶらさげている。

鵜匠　わっちは、このあたりに住まいする鵜匠ですはなも、わっちらはこの長良川で鵜を飼い、鵜をあやつり、魚を取って生活しているのですはなも。わっちんたは河原者といわれて、みんなから忌み嫌われとる。なぜかというと、河原ちゅうところはごみを捨てたり、死体を埋めたりするから、汚い場所やからや。獣の皮も河原で剥ぐし、染め物も河原でやるしな。そやから、わっちんたのように、河原に住んで、そこで仕事をやる人間はみんな河原者と言われ、さげすまれとるのや。だけんど、わっちらはこの河原がどえらいきれいなところやと思うとるのや。ほんとやんな、長良川の水があんなに美しゅう流れとるのに、なんでこの河原が、ばばちいところというのや。なるほど、わっちんた鵜匠は、明けても暮れても川の魚を取って殺生しとるで地獄へ墜ちてゆかねばならぬ運命やけどな、人間を殺すようなことは一度もしたことはあらへんぞ。わっちら下衆の者とちがって、立派な侍衆が平気で、殺し合いをなされるのは、わっちにはどうしても分からんのや。そや、これからお話する斎藤道三というお侍もわっちらにはよう分からん人やった。それ、（背景の金華山を指して）あそこに見える金華山、いや稲葉山の頂に築かれている城を見てみんさい。あれはな、その斎藤道三というお侍がつくらしたのや。話はな、道三殿が土岐頼芸《よりあき》さまの家老をしていたところから始まるのや。それ、こちらへやってきたのが、美濃国の守護職、つまり今でいう県知事にあたる土岐頼芸さまや。

（鵜匠は上手へ去る。）

（1）秋

虫の声。土岐頼芸が鷹の絵を描きながら、下手から登場。周りに本巣太郎と鷺山次郎とが警備している。

頼芸　ふーん。どこの国にもこれほど風光明媚なところはあるまい。長良川は天下一の美しい川じゃ。

（舞台の背景を見ながら感心している。）

（左手から新九郎が深芳野をつれてくる。）

新九郎　お屋形さま、京より深芳野さまをお連れ申しました。

頼芸は絵に夢中になっていて答えない。

新九郎　（頼芸の絵をのぞきこんで）ほほう、なかなかの出来ばえですな。

頼芸　（気がついて）おお新九郎か、いつも鷹の絵ばかりではつまらぬから今日は気ばらしに長良川と、稲葉山も加えようと思ってな。どうじゃ。出来《でき》は。

新九郎　まったく本物の景色のようでございます。こんなすばらしい絵を描く人が、美濃国の守護職土岐頼芸さまであろうとは、誰が知りましょうか。

頼芸　はっははは、はっははは。そんなにすばらしか。まろはな、本当は守護職よりは絵師になりたかったのじゃ。ところでそこにいる女人はいったい誰じゃ。

新九郎　あっこれは申し遅れました。これが深芳野さまでございます。お屋形さまの正室さまの妹君でございます。

深芳野　深芳野でございます。初めてお目にかかります。

頼芸　そうか、そうか。これが今度まろの側室となる深芳野か。噂には聞いていたが、なかなかの器量よしじゃな。今日からまろがおまえの姉同様可愛がってやるから、嬉しゅう思え。

深芳野　殿さま、よろしくお願いいたします。

頼芸　（二人の侍に向かって）おまえたち、まろの警備はよいから、この大事な深芳野を屋敷までお連れしろ。

太郎・次郎　はっ、かしこまりました。

（太郎、次郎、深芳野の三人は頼芸に礼をして下手へ去る。）

頼芸　新九郎、ようでかしたぞ。深芳野の方が姉よりも別品じゃ。おまえはまろの好みをよく知っている。へっへへへ。まろは美しい女には目がないのじゃ。

新九郎　お屋形さま、欲しい物がございましたら、なんなりとおっしゃって下さい。必ずお屋形さまのお役に立ちましょう。あの深芳野にあきられましたら、またお屋形さまのお気にいる女人を京からお連れいたしましょう。

頼芸　そうか、そうか。新九郎。おまえは、まろの本当によい家老じゃな。国の政治《まつりごと》はすべておまえにまかせるから、よろしくやってくれ。はっははは。

（頼芸はにこにこ笑いながら下手へ去る。）

新九郎　（ひとりごと）さて、中国の兵『六韜《りくとう》』に「これを試みるに色をもってし、もってその貞を観る」とあるが、美しい女を近づけてみれば、その人物が賢いかどうかすぐ分かる、というものだ。楊貴妃の色香に迷い腑ぬけになった唐の玄宗皇帝がよい例だ。安禄山の乱がおこったように、この美濃国に大乱がなくてはおさまらぬわ。美濃国はもはやこの新九郎に手の内に入ったも同然だ。はっははは。

（新九郎は笑いながら下手へ去る。）

ナレーター　それから早くも十数年の年月が去った。

(2) 冬

木枯の音。左手から、頼芸が二人の家来太郎と次郎に引きずられてくる。頼芸はじたばたしつづける。

頼芸　いやじゃ。まろは美濃国から去るのはいやじゃ。離せ、離せと言うのに。

新九郎　お屋形さま、あそこに小舟を用意いたしておりますので、ここでお別れいたします。これ、まあ、そんなにじたばたなさっては見っともなくござろう。先の守護職であった方とは思われませぬぞ。

範頼　何を言う。まろは今でも守護職じゃ。なぜだ。まろをどうして美濃国から追放するのじゃ。

新九郎　お屋形さま、いつまでも無能で、酒や女に迷っている守護職ではこの国は隣国から攻められ、亡びてしまいます。だから、お屋形さまは隠居していただかねばならないのです。

頼芸　まろに隠居だと。嫌じゃ、嫌じゃ。隠居なぞするものか。新九郎、おまえは裏切り者だ。

新九郎　何を言われます。それがしのお陰で、この乱世に甘い酒池肉林のくらしを十数年もしてくらせたのでありませんか、

頼芸　おまえはまろの愛妾《あいしょう》の深芳野を奪ったばかりか、美濃国まで盗《と》ろうとする大盗人だ。

新九郎　はっははは、わしが大盗人だと。ありがたいお言葉で。よいかな、深芳野はわしの妻にはしたが、その時、深芳野の腹にはお屋形さまのお種が宿っていたのです。だから、斎藤義龍は実はお屋形さまのお子という訳です。

頼芸　斎藤義龍がまろの子だと。

新九郎　そうです。斎藤義龍はわしの子ではなく、土岐頼芸さまのお子とあれば、お屋形さまの後に守護職となってもおかしくはありますまい。

（空から雪がちらちら降りはじめる。）

頼芸　おのれ、きさま、義龍がまろの子と知りながら、今日まで育ててきたのは、まろを追い出すための大義名分が必要であったためだな。

新九郎　お屋形さま、義龍君に、美濃国をお譲りなされませ。それでこそ美濃は安泰というものでございます。
頼芸　嫌じゃ、嫌じゃ。美濃は土岐頼芸ひとりのものじゃ。
新九郎　えい、聞き分けのないことを。おう、それそれ雪まで降ってまいりました。風邪でも召されては大変じゃ。おまえたち、早くお屋形さまを舟にお乗せ申さぬか。さあ、連れていけ。
（二人の侍が頼芸の体をかかえるように上手に連れていく。）
頼芸　えい、放せ、放せ。まろはどこにもいかぬぞ。
（あばれる。）
新九郎　（礼をしながら）お名残り惜しゅうござる。
（侍二人と頼芸は上手へ消える。新九郎も後からついていき、上手へ去る。義龍と深芳野が下手から登場する。）
義龍　母上、あれは誠でございますか。この私があの土岐頼芸さまの子供なのですか。斎藤新九郎の子というのは偽りなのですか。
深芳野　いえ、それは……。

義龍　母上、本当のことを言ってください。私の父親があの土岐頼芸さまとすれば、斎藤新九郎は父上の守護職を奪う謀反人になります。のみならず、母上を父上から奪った極悪人でございます。

深芳野　義龍、おまえは一体何を言うのですか。かりにもお前の父親である新九郎殿を極悪人などと。新九郎は正真正銘お前の父親でございます。

義龍　母上、戦国乱世、女という者は弱くて哀れなものでございますな。母上のように美しく生まれた者は強い男の思いのままに扱われなければならぬ。

深芳野　義龍、お前は何を母に言いたいのです。

義龍　母上、初めは土岐頼芸を夫とし、そして次には斎藤新九郎を夫とせねばならなかった母上の不幸な運命を義龍は泣いているのでございます。

深芳野　義龍、母親は自分の愛する子供のためには、どんな苦しい目にあっても耐えつづけることができますよ。最初の夫の土岐頼芸さまがああして国外へ追放されても、あたしは決して泣きはいたしませぬよ。

義龍　どうして母上は土岐頼芸さまが追放されても悲しくはないのですか。

深芳野　なぜなら、これまであたしが愛してきたのは頼芸さまでもないし、そして新九郎さまでもなくただお前一人だけだったからです。

義龍　母上、私の父親はやっぱりあの土岐頼芸さまであったのでしょう。

深芳野　義龍、そんなことはどうでもよいこと。こらからはお前がこの美濃国の守護職となるのです。

義龍　やっぱり土岐頼芸さまが私の父親であったのだ。（憤然として）おのれ、新九郎め、母上を奪い、父上を追放したこの恨みをいつか必ず晴らしてくれるわ。

（義龍は下手へ走り去る。）

深芳野　義龍！　義龍！　（叫ぶ）

（深芳野は義龍を追いかけて下手へ去る。）

激しい木枯の音。

暗転

(3)　夏

真夏のかんかん照り。油ぜみの声。
左手から油売りの夫婦が登場する、夫は天秤棒をのせ油の入った瓶を両端にかけている。
油売り夫　えい。御油《おんあぶら》、御油はいらんかね。
油売り妻　えい。（汗を手拭いでぬぐいながら）御油、御油を買ってくれ。

夫　お天道《てんどう》さまより明るい御油はいらんかね。
妻　お月さまより明るい御油を買ってくれ。
夫　おい、ここで一服しねえか。こんなに暑くてはたまらんわ。（立ち止まる）
妻　（ふりかえって）何を言っているの。商いは飽きないといって嫌になってはあかん。投げたらあかんのや。
夫　そりゃ、天秤棒をなげたら、油の入った瓶が割れてしまうがや。
（その場にすわりこむ。）
妻　まあ、ええわ、ええわ。ちょっくら、休むべい。休むべい。
（夫婦は腰をおろして顔の汗をふいている。）
（子供の歌が聞こえてくる。）
　むし、むし、ころころ、きんかざん。
　むし、むし、ころころ、きんかざん。
妻　あんた、むし、むし、ころころ、きんかざんって何のこと。
夫　ああ、あの子供たちの歌か。
妻　むし、むし、ころころ、キンチョールじゃないの。

夫　そうじゃない。むし、むし、ころころ、きんかざんだ。
妻　むし、むしって、鈴虫とか、松虫のこと。
夫　そうじゃねえ。虫は虫でも蝮《まむし》さ。あの金華山に蝮がころころおるっていう意味さ。
妻　うわっ、蝮にかまれたら死んじゃうわね。
夫　あたりまえじゃねぇか。
妻　あたし、蝮なんて、虫が好かないわ。
夫　何を言ってやがる。
妻　ところでさ、美濃国は尾張国とちがって田舎やと思っていたら、ここ井の口もなかなかの活気やね。
夫　ここの町は楽市楽座ちゅうて、わしらのような座に入っていない商人でも商売ができるちゅうのは本当に有難いことや。
妻　商いをやるための税金を払わなくてもよいのが嬉しいね。
夫　だからさ、わしらも安い御油をみんなに売ることができるし、安いからみんなも喜んで買ってくれる。

（上手から、道三（新九郎改名）が本巣太郎・次郎とあらわれる。道三、坊主姿となっている。腰に刀をさしている。）

太郎　お屋形さまが美濃の国主となられてからは、美濃も大いに栄えております。
次郎　美濃の百姓たちは年貢が安くなったと大喜びでございます。
道三　これからは、尾張の織田や越前の浅倉の侵入をくいとめることが肝腎じゃ。
　おっ、これは油売りではないか。
（油売りの夫婦はあわてて立ち上がる。）
夫　へい、お侍さま。なにかわたしたちに御用で。
道三　なにな、油売りを見ると、わしは懐かしゅうてな。どこから参ったのか。
夫　尾張国の清洲城から参りました。
道三　そうか、そうか。油はよく売れるか。
夫　へい、お陰さまで大いに儲けさせていただいております。
道三　そうか、そうか。油屋、実はな、わしも若い時にはお前たちのように油売りをしていたのじゃ。
夫　へえっ、それはまことで。
妻　ご冗談をおっしゃって、お侍さまは、すぐにあたしたちをおたぶらかしなさいます。
道三　いや、これは冗談ではない。わしは京都から美濃まで油を売りに来て大儲けをしてな。その銭で何を買ったと思う。当ててみろ。
夫　馬ですか。それともあの城を。（稲葉山城を指差す）

道三　ちがう、ちがう。
妻　はて、あたしにはちっとも分かりませぬ。
道三　よいか、わしが油を売った銭で買ったものはこの美濃国じゃ。
夫　うへぇ、（驚く）この美濃国を。
妻　ほっほほほ。またそんなご冗談をおっしゃってからかいになっちゃ嫌ですよ。殿さま。
道三　はっははは。冗談か。油売りは大儲けするから国まで買える。わしがいい例じゃ。今度は尾張の国を買おうと思っているのじゃ。
夫　これはどういう景気のよいお話で。
妻　あんた、商いの励みになるお話だね。
道三　そうだ。わしが残りの油を全部買ってやろ。そのかわり、わしにその天秤棒をかつがしてくれい。
夫　それはおやすいことで。なあ、おまえ。
妻　あいよ、有難いことや。やっぱりあなたさまは油の神様や。
道三　さあ、ついてまいれ。どっこいしょ。（天秤棒をかつぐ）えい、御油、御油はいらんかね。えい、御油、御油はいらんかね。

（道三・油売りの夫婦・侍二人が下手へ去る。）

（4）春

雲雀の声。濃姫が下手から登場。きょろきょろと誰かを探している様子。下手の方で「濃姫さま、濃姫さま」の声がする。

小萩　濃姫さま！（走りながら）濃姫さま、ここにお見えでしたか。一人でどこかへ行かれては小萩がお屋形さまに叱られまする。

濃姫　小萩、いえね、ちょっとか考えことがあったから川のあたりを歩いてみたくてね。

小萩　いよいよ尾張の若殿とのご婚儀もお近いことですから、勝手なお振舞いはお行儀が悪いと言われますすよ。

濃姫　何を言うの、小萩。あたしの夫になる織田信長というお方は、行儀の悪さは三国一とかいうじゃありませんか。

小萩　まぁ、濃姫さまったら。

濃姫　これ、小萩、信長さまは一体どんな人？

小萩　はい、なんでも鉄砲がお好きな殿御とのことです。

濃姫　ほう、鉄砲がお好き。他に好きなものは？

小萩　喧嘩が好きとか。
濃姫　まぁ、喧嘩が好きなお方だと。わたしも喧嘩が好きだから、いい縁組ね。
小萩　何をおっしゃいます。
濃姫　歌や舞はなさいますか。
小萩　はい、はい。とてもお好きだとか。
濃姫　どんな歌や舞を信長さまはなさるのですか。
小萩　はい、舞は「敦盛」の一番がお得意で、それも「敦盛」のうちのただ一句だけを歌いながら舞うのが好きだとのことですよ。
濃姫　それはどんな文句なのですか。
小萩　はい、歌の文句はこうでございます。
人間五十年
化転《けてん》の内にくらぶれば
夢幻《ゆめまぼろし》のごとくなり
ひとたび生《しょう》を受け
滅せぬもののあるべしや
濃姫　小萩、信長さまは人生たかだか五十年だ。それは夢や幻のごとくはかないから、自分はやりたいことをこの世に生あるかぎりやるという気持ちなのでしょうか。

小萩　そうかもしれませぬ。

（上手で突然、パンと鉄砲の音。）

小萩　あれ、あそこに明智さまがお見えです。
濃姫　ほんとに十兵衛光秀さまじゃ。
光秀　おう、これは濃姫さまに小萩ではござりませぬか。（手に鉄砲をもっている）
小萩　明智さま、何をしておられたのですか。
光秀　鉄砲のけいこをいたしておりました。お屋形さまに教えていただいておりますのに、なかなか上達いたしませぬ。
濃姫　父上はこれからは鉄砲の時代だ。鉄砲を持った者が天下を制するというのが口癖ですからね。
小萩　でも光秀さまは、鉄砲だけでなく、歌も詠まれるのでしょう。
光秀　なに、連歌も少しやりはじめたのですが、お屋形さまには到底及びませぬ。
濃姫　でも、父上は光秀は今にこのおれの後継ぎになる立派な男だ。若いのに、砲術だけでなく学問好きなのはなかなか見所があるといってほめておられますよ。
小萩　光秀さまは、礼儀作法もきちんとできると評判ですものね。
光秀　いえ、いえ。それがしなどはまだまだ未熟者。
濃姫　光秀さま、あなたはどうお思いですか。わたしが今度織田信長さまのところへお輿《こし》入れすることになったことはご存知でしょう。

光秀　おめでとうございます。これほど嬉しいことはございませぬ。

濃姫　まこと、そのようにお思いか。（泣く）

小萩　姫さま、いかがなされた。

濃姫　なんでもない。（目の涙をぬぐいながら）小萩、わたしは光秀さまと話があるから、先に帰ってくださらぬか。

小萩　しかし、それではお屋形さまに叱られまする。

濃姫　わたしのことなら、安じるな。光秀さまもちゃんとこうしておられることだから、大事ないわ。

小萩　はい、姫さまがそうおっしゃるのなら、小萩はお先に参ります。光秀さま、よろしくお願いいたします。

光秀　かしこまりました。

濃姫　今の世の中、男は自分の思うとおりに生きられますが、女はやはり男の言うがまま。父上はあたしを宿敵の織田と和睦するための人質として清洲城にさし出そうとしているのです

光秀　何をおっしゃいます。お屋形さまはできるのなら娘を他国へやりたくないとおっしゃっておられました。

濃姫　光秀さま、わたしは尾張なぞ行きたくありませぬ。どうか、わたしをこの美濃におられるよ

光秀　うにしてくださらぬか。もしそれができぬのなら、一緒にわたしと逃げてくださらぬか。

濃姫　ば、ばかなことを。いったいどうなさったのですか。しっかりして下さい。

光秀　あなたは父上が恐いのですか。そうですわ。美濃の蝮が恐いのでしょう。

濃姫　美濃の蝮などと、一体誰のことです。

光秀　知らないの、美濃の蝮とは父上のことです。町の者たちはみなそう言っています。父上は天下をとることに心を奪われて、人間ではなくなってしまったのです。

濃姫　違います。お屋形さまは決してそういうお方ではありませぬ。

光秀　わたしは大名の娘なんかに生まれたくなかった。油屋の娘の方がよかった。父上もあなたも、侍であるかぎりはきっと畳の上で安らかに死ぬことはできますまい。それが悲しいのです。もしかしたら、これからわたしの嫁ぐ信長さまも。

濃姫　不吉なことをおっしゃいますな。武士に生まれた限り、桜の花のごとくぱっと咲きぱっと散る。それが生きるということではありませぬか。

光秀　わたしは桜の花が大嫌いです。そして光秀殿も大嫌いです。（泣きながら）

（濃姫は言葉を吐き捨てるように走り下手へ去る。）

光秀　濃姫さま待ってください。

姫はお屋形さまも、この光秀も、そして織田信長殿も畳の上で安らかに死ねぬ回り合わせ

と言われるか。（独白）

突然、風が吹き花吹雪。

暗転

⑸　春

濃姫の嫁入りの場面　蛙のケロケロの声。
太郎・次郎の二人が下手から登場。

太郎　今日は濃姫さまの嫁入りの日。
次郎　もう船の準備はできているが、お屋形さまと濃姫さまはまだ見えぬか。
太郎　信長という奴は乱暴者でおまけにうつけ者ということだが、濃姫さまはうまくやっていけるのかな。
次郎　濃姫さまは女であっても、蝮の子はやっぱり蝮。濃姫さまに噛まれたら信長もいちころさ。
太郎　これ、恐ろしいことを申すな。
次郎　いや、な、おれも実は噛まれてみたいのじゃ。はっははは。

太郎　それ、お屋形さまのお出ましじゃ。
（左手より道三が登場。）
道三　お前たち、いよいよ濃姫の祝言の日じゃ。手抜かりはあるまいな。
太郎　はっ、尾張までの船の仕度はすべて整いましてございます。
道三　今日のようなめでたい日に邪魔をする朝倉や今川の者があるかもしれぬ。十分に警戒せよ。
次郎　はっ、かしこまりました。
太郎　尾張まで供をする者たちは、すべて船に乗り込んでお待ちしております。
道三　そうか、後は濃姫が船に乗るばかりか。
（太郎、次郎は上手に去る。）
（下手から、旅姿の小萩と濃姫が登場。）
小萩　お屋形様、ご出発の御用意ができました。
道三　おう、いよいよ参るか。濃姫、今日は一段と美しいぞ。
濃姫　父上、今日まで育てていただき、本当に有難うございました。
道三　おまえのようなよい娘を信長に取られてしまうと思うと、憎らしうてたまらぬわ。
濃姫　父上、どうかお体だけは御大切に。

道三　うん、うん、分かった。分かった。ああそうじゃ、おまえに最後に一言申しておきたいことがある。おまえたち、この場はわしと濃姫だけにしてくれい。

（小萩は上手へ去る。）

道三　濃姫、もっとこれへ寄れ。（胸から短刀を包んだ袋を取り出す）これは何か分かっているな。

濃姫　短刀でございましょう。

道三　そうじゃ。これは美濃の鍛治関孫六の短刀じゃ。これでお前は自分の身を守れ。

濃姫　はい。

道三　もし信長が噂どおりのうつけ者なら、おまえはためらわずこの短刀で信長を殺せ。

濃姫　あたしが、婿殿をこの短刀で。

道三　そうじゃ、むごいことを申すが、婿殿を殺せばおまえは生きて戻ってこれぬ。後はこの短刀で自害せよ。

濃姫　父上は、わたしに婿殿を殺させるために、尾張へやるのですか。

道三　何を言う。お前を尾張へやるのは、美濃と尾張の平和のため。信長が両国の平和を破ろうとするなら、お前はたとえ婿殿であっても、この短刀で刺せ。

濃姫　もしかしたら、この短刀は、婿殿ではなく、父上を刺す刃になるかもしれませぬ。

道三　な、なんじゃて。（あわてて）この短刀でお前がわしを。あっははは。それでこそ、斎藤入道道三の娘。なによりの別れのあいさつじゃ。あっぱれ、あっぱれ。

（突然に下手から山伏と僧が刀を抜いて躍りかかる。）

濃姫　父上、刺客ですぞ。

山伏　まむしめ、くたばれ。（斬りかかる）

道三　（身をかわし刀を抜いて）濃姫、信長に可愛がられるのだぞ。わしにかまわず行け。

僧　道三、死ね。（斬りかかる）

濃姫　皆の者、曲者じゃ、曲者じゃ。

道三　おまえたちに殺されるまむしの道三ではないわ。（二人の太刀をかわす）濃姫、行け。行くのじゃ。

（上手から、光秀、義龍があらわれ、山伏、僧と向かいあう。濃姫は上手へ去る。）

光秀　きさまたち、どこの曲者だ。

義龍　朝倉か、六角か、それとも織田か。

（山伏と僧は光秀と義龍に斬りかかり、立ち回る。光秀と義龍はそれぞれ斬り倒す。）

光秀　しまった。どこの者か口を割らせることができぬ。

義龍　こいつも舌をかき切って死によったわ。

道三　（上手の方をながめながら）おお、船が出ていくわ。濃姫があんなに、子供みたいにこっちに手をふっているぞ。（手をふる）ああ、二度と濃姫には、相見ることはないかもしれぬ。あれ、あれ、船から体をのり出してまだ手をふっているぞ。

光秀　濃姫さま！（両手を口にやり叫ぶ）お幸せに！

義龍　（手をふりながら）父上は泣いておられるのですか。

道三　はっははは。蝮の目にも涙じゃ。

義龍　それなら、信長にくれてやらねばよろしかったに。どうしてこの光秀におやりなされませなんだ。

道三　言うな。

義龍　父上は娘の気持ちもこの光秀の気持ちも本当はご存知でありながら、信長に娘をくれてやられたのでしょう。

光秀　義龍さま、もうそれ以上言うてくださるな。

義龍　えい、光秀、おまえが不甲斐ないから、尾張のたわけに濃姫がとられてしもうたのじゃぞ。おまえは口惜しゅうないのか。清洲の信長が憎くはないのか

光秀　……（俯いて沈黙）

道三　光秀、おまえはわしを人非人と思っててか。

光秀　お屋形さま、決して左様には思っておりませぬ。

義龍　父上、この義龍は妹を使わなくても、尾張一国ぐらいわしの力で奪い取ってくれます。女を使って国を奪うような父上のやり方はわたしには性にあいませぬ。

道三　なんだと、わしが濃姫を使って奪うつもりだと。

義龍　そうではありませんか。父上は母上を使って土岐頼芸をたぶらかし、この美濃国を手に入れたのでございましょう。女を使うのが、父上のもっとも得意な戦術ではありませぬか。

道三　貴様、それが父に対する言葉か。お前のような奴はわしの息子とは思わぬ。立ち去れ。

義龍　光秀、父上は本当のことを言われたから御立腹じゃ。さあ参ろう、参ろう。信長め、今にこのわしが大軍を引き連れて、やっつけてくれるわ。

光秀　お屋形さま、失礼つかまつります。

（義龍と光秀は下手へ去る。）

道三　義龍め、子である分際を忘れて父を父とも思わぬ言い種。やはり義龍をわしの後継ぎにしたのは間違いであったわ。（上手へ去る）

(6) 夏

長良川の合戦
舞台に煙が立ちこめる。舞台の袖で大声がする。

A　戦《いくさ》じゃ、戦じゃ。
B　道三と義龍の親子のあらそいじゃぞ。
C　斎藤義龍は土岐義龍と名をかえたぞ。
D　仇討ちじゃ、仇討ちじゃ。

（法螺貝の音。軍馬のいななき。太鼓の音。陣鉦《かね》の音。吶喊《とうかん》の声。合戦の雰囲気を出す。鉄砲の音が、二発三発する。）
（上手から甲冑をつけた道三、太郎、次郎が刀を抜いたままよたよたと足を引きずりながら登場。顔や手は血だらけ。道三に肩をかしているのが太郎で次郎は後ろから敵が迫ってこないかきょろきょろしている。）
（舞台の中央で立ち止まる。）
次郎　お屋形さま、今は城田寺《きだいじ》の城まで退きましょう。
太郎　今に織田信長殿の軍が救援にかけつけられますから、それまでの辛抱。
道三　おまえたちこそもう逃げろ。わしは美濃国は義龍ではなく、織田上総介にくれてやったから、

太郎　もう思いのこすこともないわ。（すわりこむ）

次郎　何を言われます。まだ戦《いくさ》は敗けてはおりませぬ。

道三　そうじゃ。お屋形さまはいつも美濃を制する者は、天下を制す。これからが天下取りと言われたではありませぬか。

太郎　馬鹿を言え。わしの造ったあの城もこの美濃の国主の位も義龍に譲ってやって、その義龍に攻められるとは、わしの最大のしくじり。わしの運命も尽きたわ。

道三　お屋形さま、諦めるのは早うござる。

太郎　一介の油売りから大名となったこの道三、死ぬ時のいさぎよい覚悟はできているわ。よいか。辞世を詠むから、書いて信長殿に必ず知らせよ。今となっては、わしの願いは信長の天下統一じゃ。

次郎　はっ、かしこまりました。（懐中から紙を取り出し、腰の矢立から筆と墨をとり出して書く）

道三　人生六十三年。思えば涙ばかり。よしそれも夢。

　捨《す》てだにもこの世の他はなきものをいづくか終の住み家なりけん。

　弘治二年　四月二十日　斎藤山城入道道三

書いたか。

次郎　はっ、できました。

道三　そうか。それを持って信長のところへ参れ。急げ。必ず信長殿に渡せよ。

次郎　それではお屋形さま、さらばでござる。
太郎　お屋形さま、早く敵がこちらへ参ります。
（林主水《もんど》が上手より刀を抜いてあらわれる。太郎と斬り合い主水が太郎を斬り倒す。）
主水　お屋形さまのみしるしを頂戴つかまつります。
道三　とれるならとってみよ。
（道三と主水が斬り合っているところを、背後から小牧源太が道三に斬りかかる。道三は横倒しになり、源太が道三に馬のりになって首を切る。）
源太　（首を手にぶらさげて）羽栗の住人、小牧源太道家が、敵の大将道三入道の首を討ち取ったぞ。
主水　畜生、おれが道三に斬りかかったのに残念至極。（上手へゆっくり去る）
（下手より義龍と光秀が登場。）
義龍　なに、道三を討ち果たしたと。でかしたぞ。それへ持て。
源太　おお、これはお屋形さま。
（義龍は源太から首を受け取る。）

義龍　うん、間違いない。道三じゃ。これも身から出た錆だと思え。老いぼれ。（つばを吐く）
光秀　何をなされます。仮にもあなたの父親であった人。
義龍　はっははは。これがわしの父親だと。わしの父君は、土岐源氏の嫡流、先の守護職土岐頼芸殿である。道三は実父の仇だ。
光秀　たとえ道三が実父でないとしても、昨日まであなたを育ててこられたのはこの道三殿。丁重に葬ってあげるのが人情というものでござる
義龍　えい、光秀、黙れ。余計な言い種許さんぞ。美濃国を盗んだ大罪の報い。思い知れ。（首を足蹴にする）
光秀　あっ。（青ざめる）
義龍　光秀、なんじゃ、その顔は。わしが美濃の国主でなかったら、おまえたち明智一族は、道三側に味方する魂胆であったのであろう。よめているわ。
光秀　お屋形さま、それがしこれにてお暇ごいをいたします。（礼をする）
義龍　光秀、お前こそ道三の恩を忘れた臆病者ぞ。はっははは。
（光秀は下手へ去る。）
源太　お屋形さま、これをいかがいたしましょう。
義龍　かまわぬ。ここにさらしておけ。大逆人は犬や鴉に食われるのがいい気味だ。源太、ほうび

をとらせるから、ついて参れ。

源太　はっ、有難き幸せ。

（義龍と源太が下手へ去る。舞台中央に道三の亡骸と首がぽつんと置いてある。）

（上手から鵜匠が再び登場する。）

鵜匠　ああ、哀れなことやなも。美濃に斎藤道三ありといわれたお方が、今はこのようなむごたらしいお姿。道三殿は美濃の蝮とみんなから恐がられておらっせたが、わっちんた下賤の者には、どえらい優しいお人やったんな。

道三殿は、鵜飼を見んさるのがえらく好きで時には自分でわっちんたの装束をしてな、鵜を扱いなさったこともあらした。鵜をとり扱う手さばきも、なかなか見事でな。道三殿は侍にならずに、わっちんたのような鵜匠になりなされば殺されずにすんだのに、惜しいことやった。

いや、いや、道三殿はこうした最期を遂げられても、やっぱり堪能さしたんやないかなも。なんにしても道三殿は一生の志を貫きなさった点で申し分のない生涯だったと言うてええのやないかなも。

さて、わっちにできることといったら道三殿の亡骸をこの河原に埋めて小さな塚をつくってあげることや。

この川原の石や砂の下にはなも。何千、何万という侍たちの骨が埋まっておるのや。嘘やと思うたら、いっぺん雨のしとしとと降る日にこのあたりへ来てみんされ。死んだ侍たちの魂が悶え悲しみ、恨めしげに泣く声が聞こえまするぞ。

南無阿彌陀仏、南無阿彌陀仏。（合掌する）

川のせせらぎの音。

―幕―

（この脚本は一九九二年岐阜西工業高校文化祭職員劇で上演されたものである）

エッセイ

荷衣島への旅
一九九七・一二・二八

1　金大中氏の故郷

一九九七年末の韓国大統領選挙で、金大中氏が四度目の挑戦でついに当選した。政敵から四度も殺されかけた金大中氏が念願の大統領になるという喜びが、年末にもかかわらず私を生まれ故郷荷衣島へと向かわせた。

午後二時に木浦港から荷衣島熊谷行きの高速フェリーが出発した。「金大中大統領当選慶祝」という横幕を張ったフェリーには人がいっぱいだ。多島海と言われる海は湖のように波は穏やかだが、海水は汚れ青みはない。船は途中に島に一つ寄って車を降ろし、荷衣島熊谷に着いたのは四時半であった。

全羅南道新安郡荷衣島は木浦から海上五十七キロに位置する。荷衣面（村）は五十六の島からなり、人が住んでいる島が九つ、残りの四十七が無人島である。面積が約三十七平方キロ。教育施設は中学校と高校が併設した荷衣総合高等学校が一つ、初等学校（小学校）が二つ、分校が三つ。金大中氏の故郷の後広里は荷衣面事務所（村役場）のある熊谷から約四キロ離れた北にあり、東は海と接し、南と北には塩田がある。現在、後広里の人口は男十三人、女十六人の計二十九人、農家は八家族で、面積は一・七平方キロの小さな部落である。特産物は食塩、蛸、柚子の実である。これらは面事務所でもらった案内書に載っている。

船が熊谷の波止場に到着すると、何台もの車が出迎えていて、下船した人々はどんどん乗っていってしまった。他の人たちは村の公営のマイクロバスに乗るので、私もあわてて行く先も聞かずに飛び乗った。客が多くて座れないので、頭をかがめて立ったまま乗っていると、

「塩田だ」

と誰かが叫ぶ。みると、バスの向こう左手に田植えをする前の水田のような風景が見えた。道路を挟んだ反対側の海辺から海水を取り入れて塩水を取り入れて塩を作る田であった。

やがてバスは畑の中を通ると、今度は、

「玉ネギ」

と確かに日本語で叫ぶ声がした。乗客が急にげらげら笑った。なるほど玉ネギ畑が車窓から眺められた。玉ネギという言葉が韓国語として通用しているのを初めて知った。乗客の会話を聞いていると、どうやら金大中氏の生家跡を訪ねようとしている一行がいるようだ。畑の中の十字路で彼らが次々とバスから降りるので、私も続いて降りた。

登山服姿の老人の集団であった。みんなわいわいしゃべりながら歩いていく。この八人の男たちを誘導していく一人の男は、この島の住人で彼らの案内役であった。私は彼らに、

「日本から金大中氏の故郷を見に来ました」と言うと、

「付いて来るように」

と言った。彼らは全羅南道救禮郡龍方面（村）の老人会の人たちであった。会長孫炳泰氏は戦時中に日本人の教師に「バカヤロー」と殴られたことを笑いながら話す。この中には面長（村長）も農業協同組合もいた。

地元の案内人がいるので、すぐに金大中氏の生家跡は分かった。道路から百メートルぐらい離れたニンニク畑の中に約五メートル四方を白いテープで仕切った空間がある。その前に白い看板が立ち、

「案内　ここは後広金大中先生が生まれた所です」

と青色で記されている。荷衣面金海金氏の親族が建てた看板であった。見慣れぬ集団がニンニク畑の中に入れ替わり立ち替わり入って、写真を撮るのを近くの人が不審に思ってか、出て来てこちらを眺めている。

この後、金大中氏の祖父の墓が近くにあるとのことで、老人会の人たちの後に付いて近くの枯れススキがいっぱい茂る山の斜面を登る。七十代の老人と思えな

いほど、みんな元気がよく足は軽やかだ。松林の中で、
「あったぞ」
という声に、声のする方に走っていくと、帽子を被せたような屋根のついた、人の背丈よりも高い長方形の黒石の墓標が立っていた。墓標は『嘉善大夫金海金之墓』と刻まれ、その文字の所は白色が塗られている。その墓標の後には枯れ草で覆われた大きな土饅頭があった。これが金氏の祖父の墳墓であった。

日が暮れかかってきたので、急いで熊谷の旅館へ向かう。舗装もしてないうえに明かりもない真っ暗がりの道を一時間ほど歩く。私は予約はしてなかったけれども、今夜は彼らと同じ島で一軒しかないミド旅館に泊めてもらうことにする。彼らは背負ったリュックに食料を持ってきており、登山用の携帯ガスレンジを使って夕食を作り始めた。ミド旅館は一階に食堂もやっているので、経営者禹氏の娘の姉妹が私の夕食を作ってくれた。姉は冬休みで帰省していた光州市にある全南大学の学生で、妹は旅館から歩いて五分ほどの荷衣総合高等学校の三年生であった。妹も全南大学へ進学したいという。

その晩、私は荷衣島へ行く前に、儒達山の山頂で出会った一人の老人を思い浮かべた。彼は健康保持のためにいつも儒達山に登っている感じの人で、私を日本人と見て日本語で話しかけて来たのだ。

「わしは終戦当時、長野県の黒部ダム工事に駆り出されていた。日本に原爆が落ちたのはかわいそうだが、日本は原爆が落ちなければ戦争をやめなかったのだから仕方がない。この儒達山にも地下壕を日本軍がいくつも掘って、最後まで戦うつもりやった。

金大中氏の故郷荷衣島へ行くのだって？　そうか、わしはまだ行ったことがないが、木浦港から船が出ている。港はここからすぐそばだ。

木浦は戦前は釜山、仁川の次に大きな港だったが、戦前は歴代の政権によって発展から取り残されたのだ。全羅道はずっと差別されつづけてきた。しかし、それもやっと終わる。

金大中氏は世界的な優れた政治家や。こんな立派な人はおらん。わしは金大中氏より六つ年上の七十八歳だが、彼が卒業した木浦小学校の同窓生だ。それ、ここからあそこに小学校が見えるだろう、あの小学校には金大中氏の写真も飾ってある。故郷の荷衣島の国民学校は四年生までしかなかったので、それで彼は木浦小学校へ転校して来たのや」

十三歳の金大中氏は、どんな思いで故郷を離れ、木浦へ旅立ったのであろうか。彼は貧しい荷衣島に生まれたことによって、文字通りわが命を賭しても悔いのない政治への執念と情熱を脈々と燃やしつづけていったのである。

2　小作反対闘争の島

金大中氏は、最近日本でも翻訳出版された『いくたびか死線を越えて』（原題『わが人生わが道』・千早書房）の中で、「私が父から受け継いだ影響は、人情深さとか芸人気質だけではない。父は当時、村の村長をやっており政治にも大きな関心を持っていた。父は、私が物心つく以前には、荷衣島の小作反対闘争の先頭に立った指導者の一人でもあった。このことは、日本のＮＨＫが私の自叙伝を編集するために詳細な取材をして私の知らなかったことを教えてくれたし、客観的な資料もたくさん発掘してくれた」と書いている。

金大中氏が誕生した荷衣島は、日帝下、激しい小作反対闘争で多くの犠牲者の出た島として有名である。ここに、彼が離島という逆境にめげず、多くの試練と挫折に遭いながらも、その度に不死鳥のように蘇り、ついに大統領となる出発点があったのである。

では、荷衣島がなぜ小作反対闘争の島となったのか。

荷衣面（村）は耕地面積が約一五〇〇町歩で、十六世紀後半に壬辰倭乱の戦禍を逃れて来た住民たちが場所に応じ、開拓耕作をしたのが始まりであった。李朝十四代（一五六七〜一六〇六）は長女の貞明公主を洪家に嫁がせた時に、荷衣三島（荷衣・上台・下台）の税を四代にわたって洪家に納めるようにした。やがて五代目になると、農民は洪家に代わって再び正祖の戸曹（大蔵省）に納税するようになった。ところが、洪家が島の所有権を主張したので、島の農民は李王朝と洪家との二重税に苦しめられることになった。

李王朝末、農民たちは洪家に対し、京城控訴院に訴訟をおこした。一九〇九年（明治四二年）裁判所は農民側の主張を認めたが、洪家は係争中に島の土地を韓一銀行頭取の趙乗沢に売り払ってしまった。さらに島の土地は鄭炳朝へ、そして大阪市の右近商事の右近権左衛門へと売り渡された。右近は先の判決を認めず、日帝下の木浦裁判所に提訴することで勝利の判決を得た。

これに抗議して島民が立ち上がるや、武装警官と軍隊が一九一四年（大正三年）二月二〇日未明に荷衣島に上陸し発砲し、百余名を木浦に連行した。憤慨した島民千名は木浦地方裁判所と木浦警察署へ怒涛のごとく押し寄せた。警察は冬の最中、消防ポンプで放水して抵抗する数百名の島民を逮捕した。

その後、島は右近によって一九一八年頃に島根県の代議士神波信蔵に十七万円で売られ、さらに一九二〇年には大阪の巨商の徳田洋行の徳田弥七に二十一万円で売却された。徳田弥七は一八八〇年（明治一二年）香川県生まれで、初め大阪で印刷業、雑貨貿易業を営んでいたが、後に朝鮮の農地経営に参画し、一九三一年（昭和六年）には、全羅南道の土地所有規模は第五位で、一四四三町歩の田畑を所有していた。

一九二二年（大正一一年）に農民たちによって荷衣島小作人会が組織され、小作料拒否運動を強行したけれども、警官や暴力団によって殴打され強制的に解散させられた。その二年後、荷衣島で生活できなくなった農民たちは大阪で在大阪荷衣農民組合を結成し、日本農民組合に加入した。

争議はますます激化し、徳田弥七は相愛会という親日団体の親分である朴春琴を使って農民組合の解散に全力を傾けたので、多くの農民の犠牲者が続出した。

一九四五年八月一五日、争議の中に日帝からの解放を迎え、ようやく悪夢は終止符を打つかのように思われた。ところが、一九四六年七月、突然に出現した新韓公社が小作料を強要したので、各地で紛争が起こるや、共産同盟の策動として誤認した警察が一時、家宅捜査し銃を発射したので、負傷者が出た。これによって全南道知事は事件を政府と国会に建議し現地調査をし、一九五〇年五月に有償返還決議案が通過して、血と汗と涙の染み付いた荷衣三島の土地紛争の長い悪夢が終わった。

荷衣島の歴史は、日本人によって土地を奪われた朝鮮の農民が民族の独立と排日思想を起爆剤として、生存権のために立ち上がった闘争の歴史であった。こうした島の政治風土が幼年時代から金大中氏をして偉大な政治家になるべき運命を担わしめたのである。

私は金大中氏の故郷後広里で、黄昏時にふと、今では田舎でもめったに見られない藁葺きの一軒家を見た。戸は閉じられており、住人はすでに島に見切りをつけ、都会へ出て行ったに違いなかった。藁葺きの廃屋は荷衣島の激動の近現代史を物語っているように思えた。

3　映画『手紙』を見て

金大中大統領の生まれ故郷である荷衣島を訪れる前の晩、私は木浦駅裏にあるナミル劇場で今、大評判の映画『手紙』（監督李・チョングック）を見た。朝鮮日報の広告には、抱擁する二人の男女の顔写真を大きく載せ、「新年には…きっと愛すると言ってください」「今、『愛』によって韓国映画新記録を樹立中！」「感動の邁進」とある。その広告の下段に極めて小さな文字で、「われわれの映画を見れば、一ドルも外国へ出て行きません」と印刷されている。

映画『手紙』のあらすじはこうだ。国文学博士課程を歩む彼女は、ソウルの町はずれの駅から毎日通う。ある日、駅頭にいくつも置いてある小さな植木鉢を見つける。その植木鉢には、「花を愛する人だけお持ちください」という札が付けられていて、彼女はそれを取り上げ、慌てて汽車に乗ろうとした。その瞬間、真面目そうな青年とぶつかり、彼女はうっかり財布を落としてしまうが、それに気が付かず汽車に乗る。その青年は財布を拾い、タクシーに乗り汽車を追いかける。結局、彼らはこのことをきっかけにして愛し合い、ついに結婚する。

二人の恋愛を阻む者はいないし、また彼らの結婚に反対する家族もいない、どうやら双方とも豊かな境遇の孤児同士らしい。森の小道を花を求めて散策する二人。金色の絨毯を敷いたような銀杏の落葉の上を一台の自動車で二人乗りする彼ら。森の中の一軒家であるスウィート・ホーム。文字どおり世界は二人のためにある。

しかし、突然に悲劇が訪れる。幸福な二人を引き裂くのは、夫の浮気でも妻の不倫でもない。それは人為的なものではなく、夫を死のどん底に追いやる癌という病魔であった。

夫がこの世を去った後、そわそわする妻に毎日配達される夫の手紙。間もなく妻はそれが夫が死ぬ前に彼女のために準備した至純な配慮だったことを知る。実は、手紙を駅長に夫が頼んでおいたのだ。彼女は夫の子を妊娠していることを知り、やがて男の子を産み育てていく。

ここには、韓国が直面しているIMF事態も、失業も、貧困も、民主化闘争も、南北対話も、すべて排除されている。観客は愛し合っている二人を襲った不幸な運命に泣き、たとえ夫が死んでも二人の愛は永遠であり、二人の愛の結晶である息子を女主人公が一人で育てていく健気さに感動して涙する。

お姫様と王子様のラブ・ロマンスというような徹底したメロドラマの映画『手紙』が、なぜ韓国映画の観客動員新記録を達成したのか。国文学の大学院を卒業して、念願の大学の先生になる女主人公役の俳崔真実が可愛いうえに、仕事をもつ女性のかっこよさが人々の共感を呼ぶためか。それとも駅頭に自分が育てた小さな植木鉢を置いて「花を愛する人だけお持ちくださ い」と札をつけて置いた生物学徒である夫の純粋さのためか。ここには善男善女しか登場しないし、二人を取り巻く自然、例えば森の樹木、花々は本当に見飽きることなく美しい。観客は、このような美しい若夫婦は現実には存在しないことを十分に承知してはいるが、それでもこうした完全無欠の愛の描いた映画を見たいのだ。なぜなら、われわれは毎日、生活の重みに打ちひしがれ、人間関係で傷つき、ストレスで疲れているからこそ、現実世界の不安や幻滅を一時でも忘れさせ慰安してくれる、夢みるような純粋無垢な愛の映画をますます激しく渇望しなくてはおれないからだ。

その晩、私はナミル劇場の裏にある一泊一万二千ウォン（日貨千二百円）の旅人宿の二階に泊まったが、夜通し宿を出入りする男女の喧騒のために熟睡することができなかった。酒を飲んできたのか、泊まり客が次々と宿の女主人に、「アガシ（娘さん）を呼んでくれ」「金はいくらだ」「高いからまけよ」などという声が聞こえるばかりか、宿の前にバイクの止まる音がして、女がセメント造りの階段をカン、カン、カンと大きな靴音を立てて二階まで上がって来て、自分を呼んだ客の部屋の木製の戸をコン、コンとノックして「アンニョンハセヨ」とか「ヨボセヨ」とか言って部屋へ入っていく物音まですっかり聞こえるのであった。そうして一時間もしないうちに、女が部屋から出て来ると、どういう訳か女たちは決まったように「カジャ（帰ろう）」「カジャ」と嬉しそうに言って、たちまち去っていくのであった。

こうした仕事をする女たちもまた、映画『手紙』を一度ならず二度、三度も観覧することで、生きにくい都市生活の中で自分を慰め、優しい王子さまに出会うことにあこがれることによって、生きる勇気を支えてもらおうとしているのであろうか。

4　列車の中でパンソリを聞く

金大中大統領の生まれ故郷の荷衣島へ渡ろうとすれば、朝鮮半島の西南部の港町木浦へ行かねばならない。関釜フェリーで朝方に釜山港に着くや、鉄道で木浦駅へ向かうことにした。前から是非とも一度、各駅停車の列車に乗ってみたかったのである。

釜山港から三十分ばかり歩いて釜山駅に到着すると早速、案内所へ行った。案内嬢に木浦行きの列車について尋ねると、九時二十七分発の列車が先ほど出たばかりだと言う。木浦行きは一日二回で、この後は午後九時二十三分の夜行列車しかない、木浦まで行かないが、途中の光州まで行く列車が、釜山駅の隣の釜山鎮駅から午後零時二十五分に出ると案内嬢が教えてくれたので、それで行くことに決める。釜山鎮駅までは地下鉄で行く。

釜山駅の新聞や書籍を並べている売店の主人に、

「今、一番売れている本は何ですか」

と聞くと、分かりきったことを聞くなという顔つきで、

「時刻表」

と答えた。なるほど、駅では時刻表がベスト・セラーと知らされた。一冊買うと、時刻表は三千ウォン（日貨三百円）である。時刻表は日本の時刻表とほとんど同じ作りになっている。それによると、釜山駅から木浦駅までは、四三六・三キロ、途中の光州駅までは三二三・三キロとある。慶尚北道から全羅南道へと走る光州行き列車は馬山市、晋州市、さらに順天市を経由する。

釜山鎮駅へ行き、自動販売機が見当たらないので、私は切符販売の窓口で切符を求めると、駅員が列車出発の三十分前からだと言って、売ってくれない。再び三十分前に行ってみると、すでに多くの乗客が整列して切符の販売を待っていた。光州までの普通列車ピドゥルギ(鳩)号の運賃は五一〇〇ウォン(日貨五一〇円)。ビビンバ（混ぜ御飯）一杯分の実に安い運賃だ。

列車のシートは客車のほぼ全長にわたる超ロングシートで、最初はどこに座ったらよいか戸惑ったが、次の客車につながる扉の近くに座った。年末でもあり、急ぎの客は本数の多い高速バスを利用するので、乗客は全員座れる。

釜山鎮駅を出て、列車がソウルへ向かう京釜線と光

州へ向かう慶全線との分岐点である三浪津駅を過ぎた頃だった。父親が幼児に客車と客車をつなぐ連結器の上で大便をさせはじめた。これを見て、私はトイレのない列車に乗ったのか、えらいことになったなと思った。釜山鎮駅で乗った客は昌原駅で大半が下車した。

車内は暖房が入っていないので、急に便意を催してきた。ついに、時刻表を見て停車時間の長い馬山駅に着くと、一目散に駅の改札口に駆け込み、

「トイレはどこか」

と駅員に窮状を訴えた。駅員は、

「列車の中にあるだろう」

とこともなげに言う。おかしいなと思いながらも、あわてて駅の構内のトイレへ飛び込む。再び停車中の列車に戻り、車掌にトイレの在りかを問うと、確かに前から二両目の後部に四角い部屋の仕切りがあって、そこがトイレであった。旅をしていると、いつもこんな失策をする。

車両は老朽化しており、自動扉でないから列車が駅に到着するたびに乗客が内から扉を開けて降りる。側にいる乗客は繰り返し扉を閉めるのが仕事である。

太ったアジマ（おばさん）がたらいのような大きな器に山ほど棗《なつめ》の実を運んで来て、通路にどっかと腰を下ろし、シートに座っている乗客を相手に商売を始めた。買う人がいなければ、次の車両へ移り、また通路に座り込んで乗客に呼び掛け、しばらくするとまたこちらの車両へ来て商売を始める。

背広を着たスルメ売りの男も来た。頭も足もついたスルメを何枚も手に持ち、車内を動き回って乗客に勧めるが、なかなか売れない。二人の男の子を連れた母親がスルメを買ってやると、子供たちはその場でスルメを裂いて口に入れ、おいしそうに食べ始めた。これを見て、他の乗客もスルメを買い出した。スルメ売りはあちこちと客車を行ったり来たりして、結局全部売りきっていなくなった。

次に竹で編んだざるをセットで売る男も来たが、値下げしてもさっぱり売れそうもなく、いつのまにか消

えた。

列車は冬枯れの田園地帯を行く。

プラット・ホームに「旅行は安全な鉄道で」と書いた看板が立っているように、ディーゼル機関車は時速四十キロののんびりした速度で走るので、時刻表よりも時々遅れることがあっても、すぐに挽回できるので、全体としてほぼ定刻どおりに運行している。乗客は少なく、車掌は暇なので乗客と一緒にシートにぼんやり座っている。車内放送は列車が駅に到着する直前に、降り口が右か左かを説明し、乗車してくれた謝意を繰り返し流す。

さっきから向かい側に座っている放浪者風の丸坊主の男がさかんに悲憤慷慨しているらしく、一人で滔々とまくしたてている。やがて腹が減ってきたのだろう。持っている袋からパンと牛乳を出してむしゃむしゃ食べはじめた。食い終わると今度は歌を歌い始めた。

悲哀に満ちた声だ。

あれ、何処かで聞いたリズムだ。そうだ。これはパンソリじゃないかとふと思い当たる。日本でも好評を博した韓国映画『風の丘を越えて—西便制』（林権沢監督）に出てきたあの音調だ。パンソリは十七世紀半ば、貧農の多かった全羅道の西南の端から語り物の芸能として広まったという。ここでパンソリを聞けるとは、さすがパンソリの発祥の地・全羅道を行く列車だと私はひとり悦に入る。

金大中大統領は、歌好きであった父親について書いている。

「金雪植という名の父親は人情深く、芸能に通じた人だった。踊りも上手だったし、みんなにせがまれて、暇さえあればいろんな場所で朝鮮の古典歌謡を歌っていた。今でも私は、父が波止場を出ながら歌った歌のリズムを、鮮明に思い出すことができる。父がもし島という僻地でなく都会に住んで、歌謡の勉強をもう少しできたら、きっとパンソリの名歌手になれたと思う。」

（『いくたびか死線を越えて』）

金大中大統領の父親に限らず、全羅道人たちはかなえられなかった夢や希望である恨みを自ら解くために、こうしてどこでもパンソリを歌ってきたのだろう。

男はいい調子でいつまでも歌いつづける。近くに座っている乗客はにっこりと微笑んで黙って聞きほれている。

列車は出発してから、八時間あまりかかり午後八時三七分に光州駅に到着した。

5 詩人梁性佑氏の故郷龍湖里

光州駅前の旅人宿に泊まった翌日、私は光州駅から列車に乗り、鶴橋へ向かった。鶴橋は終点木浦駅へ行く途中にある駅だ。鶴橋には詩人梁性佑氏の故郷龍湖里がある。

私が詩人梁性佑氏の名前を知ったのは、日本語に翻訳された彼の詩「冬の共和国」や「奴隷手帖」を読んで、衝撃を受けたのが始まりであった。彼は一九七五年、民青学連事件関連者の釈放を兼ねて光州YWCA救国祈祷会で詩「冬の共和国」を朗読したために、光州中央女高の教員を辞めさせられたし、その二年後の一九七七年の日本の雑誌『世界』に国内未発表の作品「奴隷手帖」を発表した理由で拘束、二年半の獄苦を受けねばならなかった。その当時、詩人が投獄されたのは金芝河氏に続いて彼が二番目であった。

梁性佑氏は全羅南道咸平郡鶴橋面龍湖里で一九四三年に父の梁泰辰と母の金望女の六人兄姉の中の末子として誕生した。龍湖里は栄山江下流に位置した所でその昔、地名がチンレ面であったし、その付近の大河の流れはチンレ河と呼ばれていた。梁性佑氏が生まれた所は主に水田を耕作する辺鄙な田舎として、作家朴泰洵氏の紀行『国土と民衆』によれば、そこはまだ昔の様子を抜け出ることとことができない田舎とある。梁性佑氏の高祖父と曾祖父が共に東学農民戦争の時に、東学軍に加わり戦死した人物であり、祖父ヨンスクと父親の泰辰は半学半農で部落学校の重職を引き受けて仕事し、一方では漢文の私塾を開き、後学を育てたという。

朴泰洵氏が自然の子、大地の子、民衆の子と読んだ梁性佑氏は二番目の詩集『臣下よ臣下よ』（一九七四年）で全羅道をこう詠んだ。

小麦と燕麦の中ほどに立ち
おまえの餓えた名前を呼びたいが
黒い手　泣き叫ぶ声も
百舌の声も
おれの痛い足首をほおっておいてくれないね
おまえが千年を巡る間
時は夕方のたんす深く
譲り受けた泣き声を隠して来ながら
われわれが待っていたものは何か
刀と槍の畑の堤に立ち
とうとうおれはせつなくなり
おまえは目を閉じたまま寝返りするね
（「全羅道よ」全文）

全羅堂の貧困と恨《ハン》、ここに梁性佑氏の抵抗精神を生む土壌があった。彼は奴隷のごとく、農奴のごとく、案山子のごとく沈黙していることに耐えられず、堂々と語ったために故郷にいることはできなかった。農村の娘たちが春を売りにソウルへ行かねばならない悲しみを歌った木浦出身の金芝河氏の絶唱「ソウルへの道」と同様に、梁性佑氏もまたソウルへ出ていかねばならなかった。

列車は光州駅から一時間半ほどかかり、午後零時十二分に鶴橋駅に到着した。木浦へ向かう列車は次は午後四時二十三分に鶴橋駅に着く。この列車が釜山駅始発の列車なのである。この後には列車はもうない。午後四時二十三分までになんとかここに帰って来なければならない。早速、駅前のタクシーに乗る。タクシーは一台しか待っていず、運転手は風呂敷を抱えて列車から降りて来たおばさんも同乗させようと話しかけるが、あいにくおばさんの行く方向と異なるらしく私一人だけ乗せて出発する。半時間以上も乗っていく。平野を行く黄土の道は石ころ道ではなく、きれいに舗装されている。

龍湖里は兎が月を見る地形という玉兎望月裏山の丘の上にあった。タクシーは集落の入り口にある集会所前の広場に止まった。戸数五十軒ほどの集落である。二階建ての家はなく、すべて平屋造りの家ばかりである。ほとんど瓦葺で、まだ最近瓦葺したばかりの黒光りの美しい屋根もあった。それぞれ自分の庭をセメントのブロック積みの塀で囲っている。裏山の頂きは一面に松林が緑の帯のように揃い、その中腹は墓地になっていて頭に白い帽子を被ったような屋根の付いた黒い石の墓標がいくつも分散して立っているのが、広場からも見える。南原梁氏一族の墓であろう。村の前面には明るく晴れた空と刈り入れのすんだ田が広がっている。長いビニールハウスも何列か見えた。

広場の前の家からふと出て来た人に梁性佑氏の家を尋ねても分からなかった。すでに梁性佑氏は故郷を出てから二十年以上も経つから、彼の名前を知らない人がいても当然かもしれなかった。ちょうど広場には客が数名乗り込んでいるバスが止まっていて、今にも車が出そうであった。運転手に「次はいつ出るか」と聞くと、「この後は四時半しかバスは出ない」と言う。家陰から娘が駆け出して来てあわててバスに乗るや、バスはすぐに動き出した。

村に広場や路地は清掃がゆきとどき、紙屑一つ落ちていないのには感心した。道路沿いのある農家の牛舎にはよく肥えた力強い大きな黄牛が一頭いた。この村は日帝時代に東拓会社が村人の農地を占有したので辛酸をなめねばならなかった。小野という日本人の小作管理人はあえてこの村に家を造らず、村の反対側の丘に位置を占め、この村人たちに小作をさせ年に三千石を収穫していったというのだ。この日本人の小作管理人の住居はまだ残っているとのことだが、分からなかった。暖かい年末の昼下がりだからか、村人は誰も家から出て来ない。しばらく村の路地をぐるぐる回っていたが、依然として静かなままである。子供たちも一人も外へ出てこない。

再び村の広場に戻って来た。赤いトラクターが止めてある広場の前の一段低くなっている畑に座り込んで何かしている農夫がいる。私は彼に呼びかけた。彼はこちらへやって来た。緑色の野良着を着た六十歳ぐらいの白髪の男の人だ。彼に自分は日本から来た旅行者であることを告げ、「梁性佑氏をご存知か」と尋ねた。なんと意外にも、彼こそ梁性佑氏の一番上の兄であった。

一九九三年の夏、私はソウル市内にある延世韓国語学院へ六日間通っていた。午前中は韓国語の授業があり、午後からは自由時間であった。宿泊は学院の近くにある西橋ホテルであった。その西橋ホテルの一階レストランに、私は梁性佑氏と待ち合わせて初めて対面した。彼はこの年の三月二四日の総選挙にソウル陽川甲区から出馬し残念ながら再選を果たせなかったが、決して気落ちした様子はなかった。その顔は写真通りで、ぱんと突き出た顔の骨に薄い眉と細くて鋭い目、体も頑丈そうで大きくどうしても詩人という感じはしなかった。私は彼に彼の詩集を日本語に翻訳した『五月祭』と『お前の空の道』の冊子を進呈したところ、とても喜んでくれた。一緒に昼食を食べた後、私は彼にあなたの詩に登場する「おまえ」とは誰を指すのかとか、尊敬する韓国の詩人は誰かとか、それから金泳三大統領に対する評価、韓国人従軍慰安婦問題などについていろいろ尋ねた。

私が江戸時代の朝鮮通信使について触れ、現在、対馬藩の儒者雨森芳洲について小説を書いていると話すと、彼は日本天皇と百済人との古代からの密接な血縁関係に言及し、是非とも日本皇室の歴史に関する小説を書くべきであると勧めた。天皇制タブーの打破が必要なことを彼は強く主張した。

こうした梁性佑氏と比べて、彼の兄は目つきも優しく穏やかな顔つきをした、まるで村の学校の先生という趣の人であった。彼は「性佑はソウルへ行っていて、家にはいないが、折角来たのだから家へ寄り酒でもいっぱい飲んで行け」と再三勧めてくれた。私は「鶴橋駅発の四時の列車で木浦まで行かねばならない」と言うと、彼は広場の前にある小さな雑貨店へ私を連れて行って、店のおばさんから缶入りジュース一本買ってくれた。私はお礼を言った。彼を「鶴橋駅までどうして行くのか」と聞くので、「歩いていく」と言うと「車があれば乗っていってもらうのだが、今は出払っている」と言って残念がった。彼は村から立ち去っていく私をずっと立って見守っていた。

梁性佑氏は七年ぶりに出した最新の詩集『消えるものは人間であるだけだ』（一九九七年）の中で、故郷についてこう歌っている。

私が数日前、故郷に行って会った私の故郷の人々は
過ぎにし日のその姿よりは元気に見えた。
ただ生き残った罪ひとつで、三日月欠けたおぼろな
夜道を疲れたようにさまよい、
帰って来て誰彼なく燃える胸を拳で打っていた
その五月のその姿よりはとても元気に見えた。
今、彼らはすっかり失い散った痛みの上に薬のような歳月を送り、
今はめったに怒らないで、むしろ穏やかで豊かに見えるのは、
縦横に引き裂かれた傷跡がすっかりたこに変わったせいか？
私が数日前、故郷へ行き会った私の故郷の人々は
いつでもぴんと張った鎖を越え、自ら戦士となり戦っていた過ぎし日の
その姿よりは元気に見えた。
そして依然として母となりそのむしろに体をまんまるく曲げてすわった。
脇布の下ひときわ陽射しは明るく、
母のような故郷に行った私の傍をすれ違う人たちの
姿が
過ぎし日の姿よりはずっと元気に見えた。

（「故郷へ行って」全文）

梁性佑氏は二十三年前に「全羅道よ」の詩で、千年を目を閉じたまま寝返りをする百済のしこりが重なり恨みとなると歌ったが、今ようやくその恨みを晴らす日がやって来たのではないか。彼の故郷龍湖里の人々にかぎらず、今回旅で出会った人々は確かに以前よりも元気で明るくなったのを私もしみじみ痛感したのであった。

再び荷衣島への旅

二〇〇一・一二・二六

1 金大中大統領の光と影

一九九七年の年末に、私は韓国の大統領選挙に勝利して沸き立つ金大中氏の生まれ故郷の荷衣島へ行った。一九七三年の白昼に東京のグランドパレス・ホテルで起きた金大中氏拉致事件の時から、ずっと私は彼に注目してきた。金大中氏は一貫して独裁政権に文字通り身を挺して反対してきたために、五度生命の危険にさらされ、投獄五回、軟禁五十五回、亡命生活十年の辛酸をなめなければならなかった。その彼がとうとう悲願の韓国大統領選に当選した時、私はどんなに欣喜雀躍しただろう。

二〇〇一年一二月二六日午後一時四五分、私は四年ぶりに木浦港から荷衣島熊谷行きの高速フェリーに乗船した。

これまで、金大統領は北朝鮮を訪れ、二〇〇〇年六月一五日に金正日国防委員長と歴史的和解を実現した。これによって彼は同年末にはノーベル平和賞を受けた。また、経済危機に直面していた韓国の構造改革に見事成功した。しかし、今はアメリカへの同時多発テロとアフガニスタンへの報復戦争は朝鮮半島にも影を落とし、南北関係は進展していない、のみならず、内政的にも金大中政権は厳しい批判にさらされている。

四年前はフェリーの客室は人が多すぎて中に入れなかったが、今日は混雑していないので、私は客室に横になり新聞を広げて読んだ。

二六日付けの韓国日報は今年二〇〇一年の十大ニュースのトップとして、「スキャンダルにまみれた韓国／李・鄭・陳・尹の四大ゲート波紋」という大見出しと三人の容疑者の顔を大きな写真で載せている。

「いわゆる『四大ゲート』が全国を揺るがした一年だった。九月の李容湖ゲートをはじまりに、十二月の尹泰植ゲートが起こり、昨年検察捜査以後鳴りをひそめていた鄭ヒョンジュン、陳承鉉ゲートまで復活した。ゲートという用語は一九七二年アメリカのニクソン大統領の民主党舎盗聴事件の『ウォーターゲート』から由来したものとして、権力型不正事件を意味する。『四大ゲート』はすべて先進企業を口実にした若いベンチャー事業家の不法な事業の拡張に金銭的な代価をねらった政界、官界人士が介入したという共通点をもつ。これら事業家はまともな技術がない企業の引き受け、合併、株化操作、不法貸出を通じて数百から数千億ウォン台の富を得た。ここにはこれまで陰で仕事をしていたといわれた国家情報院の一部勢力がベンチャー育成という名目で、これらを背後で支援したことも要因である。『四大ゲート』の波紋は青瓦台、検察、国家情報院など権力を享受していたエリート集団を強打した。シンカンオク前法務次官と金ウンソン国家情報院の二次長が拘置所に向かったし、林彙潤高検長など検察幹部がぞろぞろ逮捕された。シンスンナン検察総長は弾劾危機にある。『四大ゲート』は依然として実力より金やバックが優勢になるわが韓国の憂鬱な自画像である」

これら『四大ゲート』には、金大統領の甥や金大統領の長男弘一議員と三男金弘傑にも疑惑がもたれている。一体これはどうしたことなのか。「不肖の息子」の歴史は繰り返すのか。四年前に金泳三大統領の次男金賢哲が収賄容疑で逮捕され、金泳三大統領は就任四周年に当たり談話を発表し、韓宝事件は自分の不徳のいたすところだと国民に謝罪するとともに、自分の息子についても法に従って応分の責任をとるべきだとの見解を示した。釜山市の人々はこの事件に怒り、自分たちが積極的にそんな大統領を支持したことを恥じ、大統領選挙の時に彼の名を書いた自らの手を切り落とし海へ捨ててしまいたいほどであったという。金大中大統領もまた同様に自分の不肖の息子のために国民に謝罪しなければならないのか。

高速フェリーは全羅南道新安郡荷衣島に予定より十分遅れ、午後四時に接岸した。

2 懐かしい塩田風景

荷衣島は、木浦港から西南の五七・九キロの距離にある。名前の由来は島の形が水の上に蓮の花が浮いている姿に見えるとして、「荷衣」と名付けられたという。

荷衣島の中心である熊谷の船着場にフェリーが着くと、私はそこから五分もかからないセメント二階建のミド旅館へ向かった。四年前に一泊した宿だ。その時には全南大学の学生の姉とすぐ近くにある荷衣総合高等学校三年生の妹の二人が私の夕食の世話をしてくれた。しかし、今はいず、別に新しく雇われた若い娘がいた。前回の時と同じく旅館の経営者は一度も顔を出さない。宿泊する部屋は二階の以前泊まった部屋の向かい側の小さい部屋だった。

部屋の入り口の扉の鍵穴が壊れたままになっている。私は娘さんに早速これから金大中氏の家があったところを見学に行くと言って部屋にリックを置いていく。

この前はマイクロバスで行ったけれども、大体の方角は分かっているので歩いていく。四年前、道は穴ぼこだらけで水があちこち溜まっていたが、今はアスファルト舗装された立派な道路になっている。道の右手は浜で、ちょうど引き潮の時刻なので遠くまで干潟が続いている。左手は塩田が広がっている。四年前と全く同じ風景だ。

今から四十年近い昔、私は高校の修学旅行で源平の合戦で有名な香川県の屋島へ行く途中にバスの車中から眼下に広がる瀬戸内海の塩田風景を見たのを思い出した。ミド旅館の側の農協で購入した『荷衣島』（金ジョンホ・郷土振興院）には「荷衣島と食塩」について、こう書いてある。

「一九九六年末国内の面積六七三二ヘクタール中六一％である四一一二ヘクタールが全羅南道に集中している。まさに全羅南道を食塩の主産地と言うに値する。

このため、日帝時代に日本人たちは、米、食塩、綿花を全羅南道の三白と数えた。ところで、全羅南道の塩田の中の八〇％である三二六〇ヘクタールが新安郡に集まっている。その中でも荷衣島、新衣島の二島の塩田が六六七・七ヘクタールなので、国内最大の食塩産地が荷衣島、新衣島一帯といえる」

日帝時代に朝鮮のほとんどの塩田が海水に火を当てて焼く火塩から天日塩に変わったが、資本が零細で燃料確保が容易な新安郡の塩田は一九四五年の光復節（八月十五日）になるまで火田が続いたという。金大中大統領が後広里九七番地に生まれ育った当時、ここには十五ヶ所の塩釜があり、仕事人が百余名集まっていて、珍島と海南などの地に食塩を運ぶために来た船と塩釜や燃料を乗せてきた帆船が船倉と海辺に並んで停泊していたとのことだ。

韓国政府は一九九九年から二〇〇一年の三年間に国内のすべての天日塩を補償費を与えて廃転させようとした。しかし、水がなくて田として開田できない荷衣島の人たちは農業を兼業しながらも、家族同士の天日塩の生産を継続している。韓国の西海岸の一部では塩田を海老養殖場に転換し所得をあげているが、荷衣島の人たちは養殖技術がないうえに新規投資や漁業に特別関心がないので、養殖場の転換も難しいようだ。

日本ではもう見ることができなくなった塩田風景が今もまだ韓国に残っている。しかし、この荷衣島の塩田風景も日本と同様に近い将来、消えていかざるをえない運命にある。

3　金大統領の生家

時刻は午後四時半を過ぎている。右に干潟、左に塩田を見ながら歩いていくと、やがて両方とも見えなくなった。一本道を行くと、道が二つに分かれている。大きな看板が立っていて、「金大中大統領の生家」と書かれ、矢印で右折するよう示している。道は四年前と違って舗装されているので歩きやすい。周りは松林に白い薄が生えた野原が続く。人も車も通らない。きょろきょろ見回しながら歩いていくと、後ろから車が一台やって来た。これ幸いと立ち止まっていると、車はこちらに来ずに、横へ回ってしまった。私は慌てて後戻りをして、その車を追いかけた。車はすぐに止まった。どうやら近くに人家があるらしい。

車から下りて来たおじさんに、「金大中大統領の生家はどこにありますか」と尋ねると、この道をさらにいくように指差した。どんどん歩いていく。

「あれか」。公園のようにきれいに整備された芝生の生えたところに一軒家がある。それから離れた場所に韓国の伝統的な藁葺き屋根の家屋を見つけた。初めに立っている家は来館者のための化粧室と休憩室のようだ。あまり使用されていないのか、真新しい。新安郡庁が村越しのために観光名所として大々的に売り出しているのだろう。

金大統領の母屋の形は、二字形や匚字形、口字形の配置ではなく、一字形である。母屋から離れて道路側に近い前庭の中に便所があり、母屋の右側に農具などを入れる物置の棟がある。母屋は前庭より二十センチぐらい高く基壇を積んである。門戸はなく母屋の周囲は石と土を交互に積んでできた一メートルくらいの高さの石垣になっている。後庭はなく竹藪が母屋を覆うように茂っている。台所の戸の前には大きな瓶がいくつも並べてある。

一人の管理人がいて、ちょうど母屋の前戸に施錠をしているところだった。私が日本から来ましたと言うと、彼はにこにこして、私のため閉めかけていた部屋を開け放った。彼は前に道を隔てた向こうの部落の人であった。私が母屋の前の縁側に腰掛けると、彼は早速、芳名録をもってきて名前を書くようにいった。見ると、今日の見学者は私一人である。昨日は中国人の教師二名が訪ねて来ていた。最近の見学者は少ない。

管理人は母屋の左側の小部屋に私を率いれた。

金大中氏の書の掛け軸が壁にかかり、座り机の上には彼の古びた表紙の著作物が五、六冊並べてある。金大中氏の勉強部屋であった。

新安郡文化観光課から出ている『観光荷衣』のパンフレットや道路に立っている一二一番地の一の建っているこの家を『金大中大統領の生家』としている。しかし、これは正確ではない。

金大中氏は一九二五年十二月三日、金雲植氏と張守今氏との間に荷衣面後広里九十七番地に長男として生まれた。つまり、彼の誕生地はここから五十メートルぐらい離れたところである。彼には大義氏、大賢氏の二人の弟がいて、二番目の弟の大賢氏が生まれる一九三五年の時に、新しくここへ家を造り、移り住んだのである。

当時の荷衣島には普通学校は四年までしかなかったため、金大中氏は母親に泣きつき、一九三七年九月にはここを去り、木浦へ移り、木浦第一普通学校に編入した。だから、新しくここに作られた家には三年ほど住んだに過ぎない。その後、彼の家は取り壊されずに、同じ荷衣島於隠里皮村に移されて今も利用されている。現在、『金大中大統領の生家』と名打つ家屋は、実物ではなく復元されたものである。

毀誉褒貶の激しい世の中。この家屋が建てられた二年前、金大中氏は北朝鮮を訪問し、ノーベル平和賞を受賞して絶頂期にあった。ここを訪問する人は韓国内外ともに多かったに違いない。しかし、現在はどうか。管理人は別の部屋を見せようとしてくれたが、私は遠慮した。なぜなら、私は金大統領の生家を見ても何の感慨も覚えなかったからだ。

四年前のにんにく畑に四本の杭を打ち、テープで仕切られた屋敷跡を見た時、金大中氏はここから将来韓国の大統領となるべく、苦難の道を出発したのかと、私は胸が熱くなり、どんなに感動しただろう。

今、金大統領の生家の前に立ち、私にはこの家屋はむしろない方がよいとさえ思われた。

4　金大中氏の師、草庵金練先生

「大中、今日はお父さんと一緒に出かけよう」

「どこへ」

「おまえもそろそろ書堂に行かなくちゃ」

書堂は、村の狭い道を通って、小高い岡をしばらく上った頂上近くの瓦葺の建物だった。この建物を建てた人は、号を草庵と称する漢学者だった。だから村の人たちは書堂が瓦葺だったにもかかわらず、書堂の名称まで「草庵」と呼んだ。

父は当時の慣習にのっとって、入学のお礼をして丁寧に頭を下げ、先生に対する礼を尽くした。草庵先生が私に、近くまで寄るように言われたので、先生の前にひざまずいた。

「今日をもっておまえは書堂の学童になり、私の弟子になったのだ。これからはもう子供ではないのだから、すべてのことを心に刻み付けなければならない。わかりましたか」

「はい」

「よし、今日はこれで帰り、明日からは『千文字』を持参しなさい」

私は丁寧にお辞儀をして書堂を退いた。父も腰をかがめて感謝を表した。これで私は草庵の学童になったのである。私が七つになった年の初春のことである。

(『いくたびか死線を超えて』金大中、千早書房)

金大中氏が学校に上がる年令になったのに、書堂に通わなければならなかったのは、一九三二年には荷衣島には小学校がなかったからである。そのため、彼は書堂で『千文字』を習い、『童蒙先習』や『小学』を学んだ。

金大中大統領の生家を見学した翌日、私は彼が幼年時代に漢学を学んだ徳鳳講堂と徳鳳講堂遺物展示館へと向かった。徳鳳講堂は草庵先生の弟子たちが先生の業績を崇める意味で建築した学問の殿堂として、一九九四年に老朽化した建物を改築し今に至っている。徳鳳講堂は大里の徳鳳山にある。途中まで昨日と同じ道を行く。金大中大統領の生家への行き先を記した看板には徳鳳講堂の在処も書いてあった。その看板の立っている所で、昨日は右折したが、今日はそのまま一本道を進んでいく。

大里の集落まで三十分程歩いていくが、すれ違ったのは男の子一人と老婆一人だけであった、周りは稲の収穫の済んだ冬の畑が続き、その向こうになだらかな丘のような小山の頂に黒松が斑に生えている。金大統領の生家へ行く道と違って、道は舗装されていず、やっと集落の中に入っても大きな水溜りがあちこちにできている。途中でコンクリートで固められた坂道に入った。人家の続く間を細いコンクリート道に従い、上の方を見上げながら登っていくと、ようやく人家の間に徳鳳講堂遺物展示館を見付けた。

金大統領の最初の師草庵金練先生とは、どんな人か。草庵金練先生（一八八三〜一九四九）は金仁謙先生の門下で学問を習い、以後独学で朱子学を学び一家を成した。彼は一九〇五年、日韓保護協約の報せを聞き、故郷の荷衣島を去り、遠く可居島に隠れたが、国権が奪い取られたという報せを聞いた一九一二年、三十歳の時、帰島して後学を養成するために書堂を開いた。

書堂の名を鳳覧斉と言い、先生の講義が始まって二年もしないうちに、全羅南道の羅州や新安などの地から、一〇〇〇名の弟子たちが集まったという。この頃から先生は中国とソウルから二〇〇〇余巻の古い筆写本を集め、儒学研究に邁進し、離れに孔子、朱子の霊屋を置き、誠意をこめて祭った。先生は厳しい教えを通じ、義と正直を強調し、孔子の礼節を崇め尊んだと伝えられる。

先生のこうした教えと熱い意思を顕彰するため造られた徳鳳講堂には、先生の遺物の性理大典など一六六種の一四三五巻の本が保管されている。今は草庵金練先生の子の一九一三年生まれの金春培氏が本の管理をしている。金春培氏は私のために山の下の家から登ってきて、徳鳳講堂遺物展示館の鍵を開け、展示館の内部を見せてくれた。

彼は何度も私に、「日本人か」「日本人か」と繰り返し尋ねた。私が「記念に写真を撮らせてください」と言うと、彼は快く頷いた。

5　永世不忘碑の二人の日本人

荷衣島は日帝時代に、長い歳月小作争議で戦ってきた島である。十七世紀初め、壬辰倭乱後、宣祖は李王朝の皇女「貞明公主」の婚家洪家に対して荷衣島を「下賜」したので、荷衣島の農民は四代にわたって納税しなければならなくなった。正祖（一七七六〜一八〇〇）の時に五代目となると、農民は洪家に代わって再び正祖に納税することになった。

しかし、洪家が島の所有権を主張したために李朝末まで島民は李王家と洪家の二重課税に苦しめられることになった。ここから、荷衣島の土地抗争が始まった。

荷衣島の船着き場熊谷から歩いて五分もしない海の見える庭みたいな場所に、朝鮮式の石碑が五基立っている。高さは一メートル七〇センチぐらい。

向かって右から二番目の碑には、「弁護士　木尾公虎之助永世不忘碑」と刻まれている。一番右の碑には「弁護士事務員南萬雄主事　永世不忘碑」と刻まれている。それぞれの石碑には三角形の屋根がつけられており、木尾の屋根には「土地事件で裁判に無報酬で勝訴した弁護士様」と刻み込まれている。この碑の裏側には「明治四十五年壬子六月六日立」とある。

荷衣島の人たちによって守られて立っている日本人の二基の石碑。弁護士木尾虎之助とはどんな人物か。また、弁護士事務員南萬雄主事とは誰なのだろうか。

一九〇五年の日韓保護条約によって外交権、防衛権、財政権を手中にいれた伊藤博文の朝鮮総監府は、一九〇六年から二年間に土地調査事業をしながら、すべての李王朝の土地も統合し国有化の措置をとった。当時、総理代理は乙巳五賊の李完用であったが、この時洪家は一九〇八年三月に荷衣島ら三島の土地を国有化からはずしてもらい、私有の地券の発給を受けた。後にこの事実を知った荷衣島の人達は六月、各界に陳情書を出し、直ちに皇域地方院に訴訟を提起した。

洪祐録は日本人や韓国人のちんぴらを荷衣島に送り、小作料を払えと脅したが、当時、面長（村長）であった金俊烈をはじめ住民の強い抗議を受けて撤退した。しかし、金面長は木浦でやくざに襲われ十日後に死に、文京守氏は銃撃され右肩貫通の負傷をした。こうして、荷衣島の所有権を行使できなかったため洪祐録は同じ一族の洪祐承に譲渡してしまった。洪祐承は当時ソウルの富豪韓一銀行の主の趙秉澤に一萬五千円で売り渡した。

荷衣島の人たちは日本人弁護士白井勝吾を選び、洪氏を相手に不当利得返還及び土地確認請求訴訟を起こした。一審判決は敗訴であった。しかし、荷衣島の人たちはこれを不服として第二審に勝訴した。一九一一年皇城高等控訴院は荷衣島民に勝訴判決を出したのである。けれども、荷衣島ら三島は趙から五萬七千円で鄭炳朝に売られ、鄭は一九一〇年夏に日本の大阪の巨商右近権左衛門に十一萬五千円で売り払った。

裁判で勝訴したに荷衣島の人たちは、日本人弁護士木尾虎之助と事務員南萬雄の功を讃えるために、みんなで金を出しあい二人の頌徳碑を建立した。はじめこの日本人の碑は大里村の入り口に立っていたが、一九九七年に新安郡庁は熊谷一区西側二四八に移転した。荷衣島の農民に味方した木尾虎之助と南萬雄の実像は、残念ながら明らかでない。

6　荷衣島の島民、日本地主と戦う

荷衣島の農民たちを支援した日本人は、永世不忘碑に刻まれた弁護士木尾虎之助と事務員南萬雄の両名だけではない。

覆審法院で荷衣島の農民たちが勝訴するや、荷衣島・上台島・下台島の三島を買っていた大阪の巨商右近権左衛門は、荷衣島訴訟の代表として参加していた上台島の代表の朴公振を抱き込み、彼を使って新しい企みを始めた。

朴公振は上台島に戻り、たとえ二審裁判では勝っても、これまで不当に洪氏たちに搾取された小作料が不当だったという裁判だったにすぎない。再び土地に対する所有権確認の訴訟手続きを経て、右近権左衛門に登記された土地の名義を荷衣三島の人たちの土地に変更を終えねばならないと言って、三回目の訴訟の委任状を受け取り始めた。

この時、荷衣三島の農民は千五百名に達していたが、朴公振の委任状に署名した農民は上台島の彼の親族を中心にして三百四十余名にすぎなかった。朴公振はこの委任のみで、木浦法院に訴状を出した。遅れてこの事実を知った荷衣島の農民たちは一九一三年七月、湖南線の終点である木浦駅開通式に長谷川公道二代総督が出席することを聞き、木浦へ入り、直接長谷川総督に陳情することを決議した。ところが、この動きをすでに察知した日本の警察はこれを妨害し阻止してしまった。荷衣島の農民たちは意志を達することはできず、農民の間の葛藤だけがますます深くなった。

朝鮮総督府の和議政策の指導を受けて、右近権左衛門の調停を受けた裁判長大谷信夫と木浦警察署長松田信助は、引き続き荷衣島の農民たちに和議をそそのかした。この時、朝鮮では土地紛争は和議によって処理せよという強力な総督府の指導がなされていた、

せっかく再審で勝利した大切な判決が反古にされかかっていることに怒り心頭に発した荷衣島の婦女子千余名一九一四年二月初め上台島西村に押し掛け、三回目の訴訟を提起した朴公振と委任状に署名捺印した朴の親族等八人の家を叩き壊したり、火をつけたりした。命からがらやっとのことで、島を脱出した朴公振は荷衣島に暴動が起こったと木浦警察に訴え出た。これを知るや、二月二十日に木浦警察と憲兵七十余名は武装して、警備艇に乗り荷衣島に上陸した。そうして百余名を木浦へ連行し監禁殴打した。

これに激高した農民千名は食料と鍋と釜を持って船に乗り、木浦裁判所と木浦警察署へ島民の釈放を求めて押し掛けた。裁判所から警察署までの道は、野宿し炊き出しを続ける荷衣島の農民たちで溢れかえった。これに対して日本の警察は農民たちに消防ポンプで冷水を浴びせ、さらに数百名を投獄した。

この時、木浦警察は諸葛興彬大里区長と老いた七人

の婦女子を拘束送致し、八人は大邱法院で二年の実刑を宣告された。彼らはすべて大里の住民であった。このような受難を経ながらも和議をそそのかされると、四三一名が法院の提示した和解書に署名した。

一九一四年三月、そのときの大里区長李尚夑と右近権左衛門の間で十三項目に達する合意書が交換された。その内容は「土地は右近権左衛門の所有を認める替わりに、現在の耕作者の永久小作を認め、小作料納付が優良な小作者には五年後時価の九割価格で売り渡す。これとあわせて、右近権左衛門は小作人たちのために貯水池五ヶ所、簡易学校三ヶ所、病院三ヶ所を開設し、道路を修復し、渡し船二隻を運営し、農業資金一万円を年利八％で貸し付ける」という内容であった。

この年、荷衣島に日本の巡査が配置された。農民たちは麦の収穫の時から、飲まず食わずで小作料を出し始めた。しかし、二年経っても、右近権左衛門は地域開発義務と農業資金を履行しなかった。のみならず、一九一〇年から続いた「朝鮮土地調査事業」に従い実施した地積測量団が、一九一五年に荷衣島に来た時、日本地主の手先と目された朴公振の親戚の土地が右近権左衛門の土地から除外されているため、島民の疑惑を買った。秘密裏に右近権左衛門が土地を売ったとか、協力報償だろうかと、しきりにささやかれた。

7　日本農民会の朝日俊雄

一九一六年、荷衣島の人々は日本地主の右近権左衛門が和議条約を履行しないのみならず、特定人だけに所有権を認めたことは不当だという理由を挙げ、小作料不納を決議し、この年七月光州地方法院木浦市庁に不当利得返還訴訟を出したが、敗訴した。

一九一八年三月、再度大邱覆審法院に控訴した。頭が痛かった右近権左衛門は島根県の代議士神波信蔵が現金二万円と荷衣島の土地を担保に大阪の商人徳田彌七から十五万円を借り受けて買ったように偽装し、名義を移転してしまった。徳田彌七は神波が二か月償還債務条約を履行せず、担保条件を裁判によって、名義変更する形式をとり、法律上荷衣島の土地は善意の第三所有者である徳田彌七の土地になった。

徳田彌七は法律的に善良な地主という名分を立て、予備役憲兵少佐出身の宮崎憲之を代理人に任命、一九二〇年木浦に派遣し、事務室を構える一方、小作料延滞が多い金応才など十七名の家財を差し押さえした。そして木浦警察二十余名と港のやくざなど六十余名を動員、荷衣島に入り、穀物と家財を差し押さえ始めた。

一九一九年三月一日、万歳事件が起こった後、一九二〇年東京では朝鮮人労働者を助けるという名目で、朴春琴が主導した親日朝鮮人労働団体である相愛会が組織され活動していた。

朴春琴は自身が副会長になり、李起東を会長に推戴した。彼らは一九二三年九月関東大地震の時、朝鮮人たちが起こした暴動と言って、六六〇〇余名が虐殺された後始末に三百名の労働奉仕隊を動員して、日本政府の信任を得た親日団体である。

これに先立ち、三・一万歳事件の機運に乗り、一九二〇年四月三日、朝鮮労働共済会が創立され、一九二二年七月に入り、「小作人は団結せよ」という宣言文を発表するなど親日地主と日本人地主たちに向かって組織的な抵抗の波が盛り上がってきた。

荷衣島でも日本留学を終えて帰国した朴荘恒(一九〇二年生まれ、上台里四二)など小作会運動を展開した。徳田彌七は日本警察の援護の下、荷衣島熊谷に現場事務所を開設し、李尚変、金京振、禹子煥などを小作地管理人に決め、続けて小作料を得たが、一九二三年釜山の金局泰に五十万円で売るという秘密裏に交渉が進行し、金局泰が荷衣島を訪れた。

一九二四年一月、荷衣島の人々六七〇余名は大里の堂広場に集まり、前の日本人地主の右近権左衛門と法廷で和議する時、現小作人たちに売ることで和議したことを挙げ、徳田に五万円足して二十二万円で買収することを決議した。この時、実行委員に金応才、崔炳寅、李英煥などを選任したが、徳田彌七が応じず失敗した。

当時、荷衣島の島民たちは裁判に疲れたのか最初から金を出し、買ってしまおうという派と裁判を続けながら他の所と一緒に小作料を下げようという小作人派の二つに分かれていた。

一九二三年に入り各地で小作権を保障されるための小作会が誕生し、順天では小作料不納運動が起こり、隣の岩泰島でも、この年十二月四日小作人会が創立された。荷衣島でも一九二四年五月二十二日小作人会が創立されて、会長に朴チャンファンが担当し、副会長を金琪培が努めた。

この時、すでに大阪に行き暮らしていた荷衣島の人々は一二一名に達し、在大阪荷衣農民会に加入した。この当時、日本には社会主義の機運が大きく起こり、労働団体と農民団体結成が流行していた。この因縁で日本人の朝日俊雄、古尾、色川など日本農民会の人士三名が荷衣島に派遣され松之尾は荷衣島の駐在員として任命された。こうして、荷衣島の農民は日本人と一緒に日本人地主の徳田彌七と戦うようになっていった。

8　朝日俊雄の逮捕

一九二〇年代の日本ではドイツの影響を受け、学生及び知識人の間に軍国主義に反対し、民主主義と自由を唱える社会運動が激しくなっていた。

日本の社会主義の運動家たちは、故郷を捨て日本に渡って来て、労働をしていた朝鮮人労働者たちを同志として吸収して、その勢力を拡大する必要があったために、植民地であった朝鮮で立ち上がっている労働運動や小作紛争を応援した。

朝鮮半島内の労働運動はその範囲を小作農民たちにまで深く入り込み、朝鮮人地主や日本人地主たちが等しく辛酸をなめるようになった。しかし、朝鮮農民組合運動は二十五年に入り、思想運動だとして全国的に四一二一名が検挙されてからはその抗争は和らぎ始めた。

日本人地主の徳田彌七は小作料徴収が難しくなったので、一九二七年十一月に、親日派で東京で活動していた相愛会の副部長朴春琴を呼び寄せた。十一月十七日、朴春琴は荷衣島に到着するや、農民組合の解散をそそのかしたため、農民たちが蜂の群れごとく押し寄せ抗議すると、その威勢に驚き、あわてて木浦に逃げ去ってしまった。

朴春琴は十九日に日本憲兵と警察を引き連れ、荷衣島に入り、組合員十一名と日本労働党大阪支部の執行委員として二年間駐留していた朝日俊雄を連行していった。木浦警察は彼らの内、朝鮮人十一名を騒擾罪で拘束し、光州地方院はその中の崔龍道など十名に六ヶ月の懲役を宣告した。

指導者の組合員を拘束し、強圧的な方法で小作料を徴収していくや、一九二八年二月に荷衣島農民たちは朴春琴など一党を恐喝、脅迫、小作料不当取得などを理由に、京城高等法院に控訴状を出した。しかし、荷衣島の人々は意志を達することができなかった。

一九三一年六月、第六代朝鮮総督に赴任した宇垣一成は朝鮮農村復興という名分を立て、小作人に農土を売却する自作農育成政策を取った。当時朝鮮の農民は五一・九％が小作農に転落しており、地主たちの搾取で春ならば全国民の六八・一％が食糧が絶えた状態に陥り、大きな社会問題になったためである。

とくに湖南地方の絶糧状態は甚だしく、七八・六％に達して餓死者が続出していた。朝鮮総督府は一九三三年小作調停令を発布して、地主が小作人を換える時は、裏作料を払うように法制化して、地主がむやみに小作人を換えることができないように制限した。

翌三二年には総督府は農地令を発布して、東洋拓殖会社はもちろん、一般地主たちの農地拡大を制限する一方、小作人たちの集団行動も厳しく統制した。荷衣島の農民たちは小作農地を奪い取り、別の人たちに与えないことだけでも幸いと考えて、集団による抗争を放棄した。農民たちを代表し闘争していた青年たちさえ、大部分が日本地主の協力者として抱き込まれた。この時にはすでにソウルでさえ多くの知識人たちが親日家の道を歩み始めたためである。

荷衣島の農民に味方した朝日俊雄が逮捕された後どうなったか、彼の実績はいまだ明らかではない。

9　日本の敗戦後の小作料拒否闘争

日本が敗戦した後、荷衣党の人々も八月十五日に呂運亨を委員長として発足した建国準備委員会を手本として、面人民委員会を組織した。委員長に張永泰氏、副委員長に金恩式氏が選出された。

これに対して、荷衣島から上台島に移り、若い時日本に留学し日本敗戦時、荷衣島面長を務めていた朴沼淳と彼の親族の朴荘桓は、張徳守、金性沫、宋鎮禹などが民主主義右派勢力として結成した韓国民主党系に属していた。

一九四五年十月十八日、木浦に米軍六師団第二〇連隊が入ってきて、人民委員会を解体した後、木浦治安隊や青年隊を解体した。荷衣島にも木浦の風が吹き、上台島の朴氏たちが荷衣島に入り、人民委員会の行政に抗議して、人民裁判に回されるなど、衝突が起こった。

この時、荷衣島を脱出した朴沼淳は、米軍政の道警察局長の朴明済によって務安警察署長に任命され、朴荘垣は潭陽警察署長に任命された後、一か月で羅州警察署長を務めることになった。

敗戦となり、日本の東洋拓殖会社の財産は、韓国側の職員たちが管理委員会を作り管理していた。しかし、米軍が入ってきて軍政をはじめ、日本の降伏によってすべての日本人の財産は、米軍が戦争補償金として受け取った財産という理由で、米軍軍政官の管理に入った。

突然の日本の敗戦で備蓄食糧が少なかったうえに、満州や日本などから帰国してくる同胞たちのために、食糧不足の状況に陥った。

一九四五年十一月十九日、米軍政庁は米穀統制令を出し、援助米を船に載せてくる一方、米穀収集令を発動する。

日本人に強要されて東洋拓殖会社に勤務していた韓

国側の職員たちは、忠誠心を発揮して、小作農民たちから三割の小作料を忠実に徴収しだした。東洋拓殖会社は新韓公社という名前に変え、あらゆる日本人帰属農民までも新韓公社が米穀を収集するように代行命令が出された。

一九四六年六月十五日には日本人の農地を耕作しながらも、米軍政庁が定めた三割小作料を出さない農民たちには小作を中止させ、滞納者には十％を加算して払えと通牒が出された。

一九四七年七月には、小作料不払い者は法により告発し、差し押さえに抵抗する時は、公務執行妨害で監禁せよという指示も出された。

ソ連軍が占領した北朝鮮側では、一九四六年三月、すでに土地無償分配が実施された状態であり、朝鮮人の土地でもない日本人の土地を耕作していた韓国側農民の反発は強まらざるをえなかった。

その上、自分の土地を宮廷の土地だとして奪われて、日本人地主と戦ってきた荷衣島の島民たちの立場としては、こうした措置はまったく納得が行かなかった。すでに一九四五年十二月八日、全国国民組合総同盟は小作料不払及び農地無償分配を決議した時だった。

資本主義体制下で、他人の土地を無償で奪い、無償で分ける法はないと主張する政党と、地主には政府が土地の代価を与え、農民には無償で分けてやらねばならないという政党、農民も土地の代価を年賦ででも支払わねばならないというなど、まさに百家争鳴の混乱期であった。

まだ韓国側では朝鮮労働党がひそかに活動していた時期でもあった。

10　荷衣島七・七暴動事件

一九四六年八月二日、荷衣島熊谷の徳田彌七の農場事務室を徴収した新韓公社の職員は、木浦警察署から警察官五十余名とともに荷衣島小作料の徴収に来た。昼正午頃、武装した警察官五名を同行した新韓公社職員が五林里二四五番地の金錫哲の家に入り、「小作料を出せ」と督促した。

金の父の弄権が、「日帝時代にこそ強制で供出され小作料を出したが、解放されても小作料がいるのか」と新韓公社職員と言い争いになるや、村の青年の金学勉、金ビョンフン、朴ジォンジェなど多くが押しかけ抗議した。

金学勉が警察官と新韓公社職員に「七〇歳の老人をなんだってそんなにひどく扱うのか」と言って喧嘩に加わった。警察官は危険を感じたのか空砲を撃つと、朴ジォンジュがびっくり仰天して倒れて気絶してしまった。

興奮した青年たちは「あいつを殺せ」と声を上げながら、警察官に飛び掛かり銃を奪い取った。警察官と新韓公社職員が逃げ出すと、彼らは追いかけ捕まえ、五林里四九四番地の李祥準の家の庭にひざまづかせて、その不当性を問いただした。

警察官が捕まり銃器が奪われたという知らせが入ると、熊谷支署にいた五十余名の警察官たちが駆けつけ、村を包囲し銃撃を加えた。この時、金ブョンフンは大腿部貫通の傷を負い木浦病院に移された。この日、十名の村の若者が支署に連行された。五広里でも似たようなことが起こり金応培が連行された。

翌日の八月三日、上台島と荷衣島の人一千余名が集まり荷衣島支署を包囲し、「連行者を釈放せよ」と掛け声をあげた。身の危険を感じた警察官たちは発動船の江景丸に首謀級の若者たちを乗せ出発しようとした。しかし、金応培の弟の志培が船着場に着くや江景丸の錨綱をつかみ、「俺の兄貴を出せ」と叫んで船出を阻もうとした。と突然、一発の銃声がしたかと思うと、金がたちまち砂原につんのめった。このすきに江景丸は慌てて逃げるように船着場を出た。

金志培が銃弾に当たり死んだことを知った人々はついに怒りが頂点に達した。彼らは金志培の亡骸を担ぎ、新韓公社の事務室と警察支署まで行進して行って、その建物に火を放った。

八月二十日、木浦に駐屯していたアメリカ軍民生官ソトボク大尉がアメリカ軍二十余名と警察官を引き連れて荷衣島に入った。この時、上台島の朴荘桓羅州警察署長と朴ソスン抉安警察署長も同行した。アメリカ軍軍政官は人民委員会を解散し、朴洪奎をアメリカ軍政の面長に任命した。

警察は放火犯として大里の鄭河辰、李春同、金世培の三名を首謀者として拘束した。鄭河辰は二年の刑を終えて出獄し、李春同はやっと十七歳の少年で二年服役し、病気保釈で出所して十五日で死んだ。銃弾に当たって死んだ金志培の兄の金応培は首謀者として刑を受け、仁川刑務所に収監中、六月二十五日に起こった朝鮮戦争の時に行方不明になった。

警察は五林里で起こった小作料徴収の衝突事件を単純な事故と見ないで、不純分子たちの暴動行為の罪に着せ、六名に三年刑、四名に一ヶ月の懲役を宣告した。

この事件を、「荷衣島七・七暴動事件」という。この日は太陽暦で八月三日だが、太陰暦では七月七日であるからだ。

11　恨みの土地闘争の終結

この事件で刑を受けた十一名中、金応洙は朝鮮戦争の時、人民軍に反逆したのち、行方不明になった。放火事件に連座したものとして、上台島と荷衣島で二百余名が警察に連行され取り調べを受けた。その中の十余名は検察に送致されたが、無罪判決を受け、拘束七十四日ぶりに釈放された。熊谷里の諸葛倫が調査した「荷衣島七月七日暴動事件」の受刑者は次の通り。

〈三年刑〉李耽順、任京充、任昌浩、金応洙、崔正石、金赫坤、朴権太、金炳述。

〈一ヶ月〉伊仁守、張今方、金黄勉。

この騒動を経て、韓国政府ができた一九四九年七月、荷衣面民大会が開かれ、無念の闘争史を制憲国会に嘆願、八月一日国会現地調査団が訪問した後、一九五〇年二月二日、国会は満場一致で所有権無償返還決議をした。しかし、朝鮮戦争が続いた間、無償所有権決議はどういう訳か履行されなかったが、「荷衣島七月七日暴動事件」を経たせいか、荷衣島は朝鮮戦争の時、互いに一名の犠牲者もなく平穏に越した。

戦争が終わり、一九五四年三月再度、面民大会を開き国会に嘆願、一九五六年六月無償でなく坪当たり二〇〇ウォンの価格で、一九四五年八月まで荷衣島にあった日本人所有の財産を購入するやり方を取り、めいめい自分の名義で移転登録を終えた。

しかし、まだ六千余筆の土地が日本人の徳田彌七の名義で登記簿に搭載されたまま、整理が終わらないでいる。荷衣島農地紛争史は他のところのような小作闘争史ではなく、韓国の農地返還史の見本である。

このように恨《ハン》がこもった土地なので、一九七〇年代「新しい村《セマウル》」事業のとき、島の道路を広げようと、土地を出せと言っても、出す人がいなくて辱めを受けたところでもある。

一九二五年に日本人司法書士の本庄波衛は、荷衣島とほとんど同じ土地紛争事件である羅州宮三面事件を手記に残し、最後に次のような文を付けた。

「あの三面の事件は天人共怒ともいうべき、とうてい許し難い日帝の罪悪である、司法当局は法を歪め悪人たちを庇護し、総督府は彼らに武力を貸し与えその不正を援助することは日本全体の恥辱である。この事件の内容を詳細に知る者は多いのに一人も同情する人がいなく、かえって日本地主の業績を褒め称える者たちが多いことは、日本人はただの一人も正義の人がいないためだ。朝鮮統治ははっきりと証明している。人心は圧迫が甚だしくなると反発も激しくなるという道理を知らねばならない」

12 「韓国からの通信」と私

二〇〇三年八月八日、当時韓国野党の指導者だった金大中氏が東京のホテルからＫＣＩＡによって拉致されてちょうど三十年目に当たる。事件当日に発表された雑誌『世界』九月号には、金大中氏のインタビューが掲載されていた。これによって、私ははじめて金大中氏に出会った。

折しも、現在発表中の雑誌「世界」九月号（国際共同プロジェクトとしての『韓国からの通信』）で、同誌に一九七三年三月号から一九八八年三月号まで十五年に渡って連載されていた「韓国からの通信」の筆者T・K先生の正体が宗教哲学者の池明観氏であることが明らかになった。「韓国からの通信」は軍政に抵抗し民主主義の回復を希求する韓国の政治家、宗教家、作家、新聞人、学生、労働者たちの言葉や行動を世界に発信し続けた。

私は「韓国からの通信」を毎月発売日が待ち焦がれるように読んだ。そうして、これを読むことによって、どれほど多くのことを教えられたか。

民主主義は多くの民衆の文字通りの血と涙の犠牲があってこそ獲得されるのであって、民衆を圧迫する権力者は自分たちに抵抗する者に対しては、虐殺、暗殺、監禁、投獄、暴行は勿論、いかなる陋劣な手段を執ることも辞さないことをはっきりと示したのである。韓国の独裁者にこのような冷酷無比な態度を取らせたのは、同一民族でありながら、分断された南北朝鮮が東西の冷戦構造の中に組み込まれ、「反共」を唱える彼らに戦前植民地の宗主国であった日本と、戦後の韓国に強い影響力を持つアメリカの両国政府があくまで執拗に味方したからであった。

しかし、それでも絶えることなく独裁と戦い、民主化運動を続ける韓国の民衆に、私はどんなに感動し、激励されたかわからない。私は彼らに連帯の意味を込めて、金大中氏事件の二年後に、『朝日新聞』の「声」の欄に「金大中氏救う世論強めよう」という小文を投稿した。

「韓国のソウル地裁は、元大統領候補金大中氏の選挙違反事件に対して、禁固一年、罰金五万ウォンの判決を下した。朴政権が法院に圧力をかけたと、各紙とも指摘している。二年前金大中氏が東京から拉致された時、危うく殺される運命にあったが、朴政権は国際世論の反響に驚いて彼を殺すことができなかった。今回の判決は、朴政権が日本政府とアメリカ政府の支持を得たという自信が、これを実行させたのである。「韓国からの通信」（『世界』一月号）でT・Kさんは、ある長老の話を報告されている。『先生、私はすでに死んでいるはずの身ではありませんか。二年間生き延びたのもありがたいことです。ただ、なすべき事を終えられないことが…』。彼は涙ぐんだ。気の毒でたまらなかった。私も泣いた。いま国民は絶望している。金大中氏が亡くなったら、国民はそれこそ完全に絶望するであろう。」

今月十八日で日韓条約が終結されて十年目になる。国会で強行採決によって批准された日韓条約は、一体われわれ日本国民にとってだけでなく、韓国民にとっていかなる利益をもたらしたのであろうか。日韓の腐敗した癒着の結果が、朴政権による金大中氏への報復的判決、そして詩人金芝河氏への投獄につながっている。金大中氏事件の解決をあいまいにしたまま、金大中氏の安全を見殺しにする日本政府の傍観的な態度に激しい怒りを覚える。今や国際世論のみが金大中氏の生命を救い、金芝河氏をとりもどすことができるのであろう。」

（『朝日新聞』一九七五年十二月十八日付・名古屋版朝刊）

独裁者によって言論の自由が圧殺され、韓国のマスコミが真実を言えなくなった時に、「韓国からの通信」はひとり真実を世界に伝え続けた。独裁者がこれを「流言蜚語」だとして筆者を血眼になって探し回ったが、独裁者の言葉が虚偽であり、かえって民衆の「流言蜚語」こそが実は真実であることを世界の人々にはっきりと証明したのである。

一九九七年の冬、五度まで殺されかけた金大中氏がやっと悲願であった韓国の大統領に当選したとき、わたしはどんなに嬉しかっただろう。私は喜びのあまり、本当に居ても立ってもおられずたちまち彼の生まれ故郷の荷衣島まで出かけていった。そして、その四年後にも再び荷衣島へ出かけていった。なぜにそれほどまでにして荷衣島へ出かけていくのか。

今、金大中前大統領は二人の息子の逮捕や彼の北朝鮮への訪問の際の不正送金問題で、かつての栄光は見る影もない。それこそ、あんなに郷土の英雄として誇りに思い自慢していた荷衣島の人々はどんなに忸怩たる思いをしていることだろう。

私はそうした諸々のことを含めて、金大中氏を誕生させた故郷の荷衣島の風土と歴史、そしてそこに生きる人々のことをもっと知りたいと思うのだ。なぜならば、それは大袈裟に言えば、荷衣島を知ることが即ち現代の韓国を知ることだとさえ思うからだ。

初出一覧

「海よ、お前は自由だ」　『創造家（トリスメジスト）』創刊号　一九七九年九月
「星たちの故郷」　『創造家（トリスメジスト）』第五号　一九九三年五月
ふるさとで炭焼きを　『創造家（トリスメジスト）』第八号　一九九六年十二月
夜叉ヶ池物語　『創造家（トリスメジスト）』第十六号　二〇〇八年四月
水戸天狗党物語　『創造家（トリスメジスト）』第十七号　二〇一〇年二月
美濃物語　『創造家（トリスメジスト）』第十八号　二〇一二年四月
荷衣島への旅　『創造家（トリスメジスト）』第十一号　一九九九年十二月
再び荷衣島への旅　『創造家（トリスメジスト）』第十三号　二〇〇三年十二月

あとがき

春に蘇った自然がいよいよ活動をはじめる季節――、全てに生命力があふれ、飛躍しようとする力が感じられる季節。

忘れられない平成十八年五月四日、連休後の高校教師生活を昂進させるため、友人の先生と丁子山へ弟は登ったのです。リュックサックの中には、遺作となった「松風の夢」の原稿を背負い、新緑の若葉をわたる匂うような風と、鳥の囀りを聞きながら……。

登山は弟の趣味であり息抜きであり、当日一緒に登った先生の記録によれば一九八〇年〜二〇〇七年の間に二人で登った岐阜県内外の山は三〇山に達し、どの山々の懐も快く二人を迎えてくれたようでした。しかしどうしたことか、五月四日当日の弟は山頂まで登ることができず、途中で断念して下山。帰宅するなり床に就き、そのまま心不全で天国の扉を開けてしまったのでした。

日頃頑健で高校教師として三十八年間勤め、再び高校教師として四月から勤務していました。運命か、宿命か、寿命であるのか、弟は六十年でその生を閉じました。残された者は、この世の矛盾に耐えきれず、この青い広い空を仰ぎ今も涙し、どう生きるべきか問うのですが、常に繭の如く静かなままです。

大量の本を納めるために新築した家は、『創造家《トリスメジスト》』主宰の高井泉先生のご発案により、平成十八年十二月十日〈加藤建二記念室〉として発足し、まもなく十年を迎えます。一階の書庫には万冊の書物を分類して収め、二階の資料室には数々の遺品をガラスケースの中に陳列しました。何度も推敲をしたと思われるノートや原稿用紙、教生時の授業日誌や卒論、文化祭の職員劇の脚本や小道具など、所狭しと並んでいます。今井雅巳先生と山田恵先生のお力によって六十年間の熱い旺盛な時間がここに蓄積されたのです。

十代の頃よりラジオなどから独学で学び退職後に教えたいと言っていたハングル講座も、岐阜朝鮮初中級学校・朴校長と崔教師の温かいご支援とご配慮により、やはり開講十年目の歳月を迎えようとしています。高校生、大学生から一般社会人の方々が楽しく学んでおられます。

また、パレットの会、梅の実会、葉月会、短歌会、岐阜県地下壕研究会、地域の役員会などにも使用していただき、記念室から人の声は絶えません。一昨年より「ひかりキッズ」（岐阜創発研究会ひかりキッズ主宰・柴橋正直）に発達障害児の学習場所として使用していただき、にぎやかな笑い声の満ちあふれる場所となっています。

弟の作品の多くは、歴史上のある人物の揺るぎない魂を追求し、時代に翻弄される運命の重さを忠実に表現し、志に向かって生き抜いていく人間を、頑固な信念で書き上げていると思います。

一九九七年冬、五度まで生命の危険にさらされた金大中氏が韓国大統領選に勝利したと聞くと、自分自身か身内のことかのように泣き、大喜びし、感激のあまり『朝日新聞』にも投稿しました。そして金大中氏の生まれ故郷・荷衣島へ二度渡航し、「荷衣島への旅」「再び荷衣島への旅」という二篇のエッセイを書きました。

弟の心を掻き立てる気持ちの奥には、岐阜大学一年生の時、司法試験一次試験に合格しながら、家庭の事情で政治家、弁護士への志望をあきらめた自分の運命を重ねているかに思われるのです。弟の心には、澄んだ優しさと厳しさが同居し、せめぎあう中、志半ばで帰らぬ人となりましたが、きっと行く手には光る広野もあっただろうと姉の私は思うのです。

命日には、今も文学者の方々がそれぞれの新著を供えられたり、近況報告をされたり、私どもにも励ましのお言葉をいただきます。心から感謝しております。このご恩を忘れず、一層心を引き締め、周囲の方たちの優しさに応えて、今後も前向きに生きていく覚悟です。

十年の節目として『創造家《トリスメジスト》』に発表した中から単行本未収載の作品を選び、本書『海よ、お前は自由だ』を刊行するはこびとなりました。出版に際しては、作家・賈島憲治の書籍を刊行してこられた風媒社・劉永昇編集長にお世話になり、親身に及ばぬご指導をいただきました。心より感謝しています。

わが庭の白梅に舞う春の雪　耀きながら消えてしまえり

二〇一六年二月

加藤シズカ

[著者紹介]

加藤　建二（かとう けんじ）
1946年3月14日、東京生まれ。ペンネーム・賈島憲治。
『創造家』『架橋』同人。
2006年5月4日逝去。

[著書・訳書]

1979年8月15日、『韓国語形成史』（李基文）翻訳出版、私家版
1985年3月1日、『韓国民族形成史』（金延鶴）翻訳出版、私家版
1989年8月1日、『青山が声を上げて呼んだら』（梁性佑詩集）翻訳出版、私家版
1991年5月18日、『五月祭』（梁性佑詩集）翻訳出版、私家版
1992年8月15日、『おまえの空の道』（梁性佑詩集）翻訳出版、私家版
1997年8月15日、小説『雨森芳洲の涙』出版、風媒社刊
2001年8月15日、小説『雨森芳洲の運命』出版、風媒社刊
2002年3月20日、韓国現代小説集『郭公の故郷』翻訳出版、風媒社刊
2006年9月30日、小説集『松風の夢』出版、風媒社刊

海よ、お前は自由だ　加藤建二遺稿集

2016年5月4日　第1刷発行　　（定価はカバーに表示してあります）

著　者　　加藤　建二

発行者　　山口　章

発行所　名古屋市中区上前津 2-9-14　久野ビル　風媒社
振替 00880-5-5616 電話 052-331-0008
http://www.fubaisha.com/

＊印刷・製本／モリモト印刷　乱丁本・落丁本はお取り替えいたします。

ISBN978-4-8331-5306-5